folio
junior

Collection dirigée par Jean-Philippe Arrou-Vignod

Pour en savoir plus :
http://www.cercle-enseignement.fr

Le roman de Renart

Illustrations de Rémi Saillard

Traduit et adapté de l'ancien français
par Pierre Mezinski

Carnet de lecture
par Évelyne Dalet

GALLIMARD JEUNESSE

Renart et Chantecler le coq

Tout commença le jour où Renart, grand malfaisant et roi des fourbes, s'en alla rôder vers une ferme où il comptait faire un bon coup.

La ferme se trouvait en plein bois. C'était un élevage de volailles. Il y avait là en quantité canes, canards, coqs, poules, jars, oies... Le maître des lieux, Constant des Noues, un vilain[1] extrêmement riche, habitait tout près de ses basses-cours.

Les cours étaient bien clôturées de gros pieux de chêne taillés en pointe, avec, entre les pieux, un bourrage d'aubépine. Maître Constant tenait là ses poules, dans la sûreté d'un vrai fortin. Renart le prend pourtant pour cible et pique dessus sans faire de bruit. Furtif et prudent, le cou rentré, la tête basse, le nez rasant le sol, il va droit sur la basse-cour.

1. Vilain : paysan.

C'est un goupil[1] entreprenant, mais l'obstacle pour un coup le laisse court. Pas la moindre trouée dans la haie, et quant à la sauter, pas question ! Faudra-t-il donc renoncer aux poules ?

Accroupi au milieu du chemin, Renart s'agite et se démène, tendant le cou de droite et de gauche. S'il saute la clôture, vu la hauteur de cet obstacle, il ne passera pas inaperçu quand il retombera dans l'enclos… Les poules sont capables de prendre peur et de se fourrer sous les épines. Il pourrait même se faire pincer avant d'avoir fait bon butin. Quel émoi, grands dieux ! quel émoi ! Renart veut tirer à lui les poules qu'il voit picorer sous son nez. Il est là, il se lève, se rassoit, se relève… Et puis, il repère quelque chose… C'est un poteau cassé, à l'angle de la haie… Une brèche ! Un passage ! Il n'y a qu'à se glisser par là…

Dans le jardin, aux abords de la brèche, le vilain avait planté des choux… Renart, par le trou, traverse d'un bond la clôture, se laissant retomber dans les plantes comme une masse afin de n'être pas vu du petit peuple du jardin. Mais les poules s'agitent et s'affolent. Elles ont vu Renart et chacune se dépêche de décamper.

1. Goupil : renard.

Dans un chemin en lisière du bois, messire Chantecler le coq, sorti du clos entre deux pieux, avait trouvé à se percher sur un poussier, tas de débris de paille... Voyant ses poules se disperser, il vient à elles en se pavanant, le cou bien tendu et l'aile au pied... Il leur demande pour quelle raison elles s'enfuient toutes vers la maison.

Pinte répond, parlant pour toutes. Son nom veut dire « La Panachée ». C'est la poule d'élite, la savante, de surcroît pondeuse remarquable, et renommée pour ses gros œufs. Au poulailler, elle perche à la droite du coq. Elle dit :

– Messire, c'est que nous avons eu peur.

– Pourquoi ? Qu'est-ce que vous avez vu ?

– Je ne sais trop quelle bête sauvage qui pourrait vite nous faire du mal, si nous ne quittons pas cet enclos.

– C'est inutile, je vous assure. Vous êtes ici en sécurité.

Le coq se montre catégorique. Mais Pinte ne craint pas d'insister :

– Par ma foi, je l'ai vu, l'animal ! Je vous le jure, en toute loyauté ! Je l'ai vu et je l'ai bien vu !

– Vous l'avez vu comment, au juste ?

– Comment ? J'ai vu la haie remuer, et les feuilles des choux s'agiter là où il est couché, bien caché !

– Pinte, fait le coq, n'ajoutez rien ! Aucun ennemi ne vous menace. La paix règne ici, grâce à moi ! Oui, par la foi que je vous dois, je ne connais goupil ou putois qui oserait entrer dans ce courtil[1] ! Blagues que tout ça ! Faites marche arrière !

Et Chantecler de reprendre le chemin du poussier. Il est très sûr de son coup, et montre beaucoup d'assurance, ignorant ce qui lui pend au nez. Un œil ouvert et l'autre clos, une patte repliée, l'autre droite, il se plante près d'un petit toit.

Quand il fut posé, bien tranquille, bel oiseau fatigué de faire le chanteur et la sentinelle, il se détendit, se laissa aller, et glissa peu à peu dans le sommeil. Il dormait. C'était agréable. Il dormait et se mit à rêver. Ne me prenez pas pour un menteur. Il rêva – c'est la vérité, allez voir dans les livres d'histoire – qu'une chose, je ne sais trop laquelle, avait pénétré dans la cour, malgré la protection des clôtures. La Chose venait à sa rencontre, tenant une pelisse[2] rousse dont le collet était tout en os… Et cette pelisse, la Chose la lui mettait de force sur le dos…

Le coq s'agitait dans son sommeil. Son rêve tournait au cauchemar. Cette pelisse… tout de même… c'est bizarre… Le col était tout de travers… Pour s'en vêtir, étrange affaire, il s'y était

1. Courtil : jardin. **2.** Pelisse : manteau doublé de fourrure.

pris à l'envers… Il se sentait si serré au col que l'angoisse finit par le gagner et qu'il s'éveilla à grand-peine en se demandant ce qui se passait.

Drôle de rêve. Et drôle de pelisse… Ce ventre tout blanc par en dessous… c'était cela le plus étonnant… Cette façon aussi de l'enfiler par le col… L'inverse de ce qui se fait normalement… On se retrouve en somme habillé sens dessus dessous…

Tout apeuré de ce qu'il a rêvé, le coq se voit en piteux équipage[1]… Les visions qu'il a eues en songe l'ont réellement impressionné. Mais, réveillé, il repart à vive allure, comme quelqu'un d'assez peu rassuré, et s'en va retrouver les poules, toujours fourrées sous les épines. Il appelle Pinte, qui a son oreille, sa confiance. Elle vient et il la tire à part…

– Pinte, je ne te ferai mystère de rien : je suis profondément triste et troublé… C'est comme si je sentais un danger imminent… J'ai très peur d'être capturé par un oiseau ou une bête fauve, qui pourrait nous nuire dans peu de temps.

– Holà ! fait Pinte. Mon beau doux sire ! Ce ne sont pas des choses à dire ! C'est mal de nous effaroucher. Mais écoutez donc… Approchez. Par

1. En piteux équipage : dans une situation difficile.

tous les saints de nos prières, vous êtes comme ces chiens peureux qui crient quand on leur jette une pierre… Il n'est pas dit qu'ils seraient touchés, mais ils crieront de toute manière. Dites-moi ce qui vous a troublé. Pourquoi cette peur et ces alarmes[1] ?

– Quoi ? dit le coq. Vous l'ignorez ? Vous ne savez pas que, tout à l'heure, quand je dormais près du trou à côté de la grange, j'ai fait un rêve… un rêve… un rêve vraiment étrange… Je ne sais trop quelle bête arrivait, portant une pelisse rousse, si bien faite qu'elle était ajustée comme une peau. La bête me forçait de l'enfiler… Je la passais par le col mais je n'y restais guère enfourné… J'en sortais vite à reculons… Je me suis même étonné, alors, que la queue de l'habit se trouve dans le haut… Dites-moi ce que vous en pensez. Ce rêve me pèse et m'accable.

Pinte lui répond sans le moindre détour :

– Vous m'avez raconté votre songe. Je pense pouvoir vous dire quelle vérité s'y trouve cachée. Cette chose que vous avez vue, en rêve, c'est le goupil, j'en suis sûre ! Je le déduis de cette pelisse rousse qu'il vous mettait de force sur le dos. L'encolure qui vous gênait, trop étroite, c'est sa

1. Alarme : vive inquiétude.

gueule. C'est par là que vous entrerez. Queue en haut ? C'est simple à comprendre. Par tous les saints de l'univers ! quand le goupil viendra vous prendre, et vous attrapera par le cou, où sera sa queue, à ce moment-là ? Ne sera-t-elle pas en haut de la pelisse ? Vous savez maintenant sans conteste ce que votre rêve signifie. Je vous l'affirme : avant de voir passer midi, ce que je vous ai prédit arrivera, c'est hélas ! la pure vérité. Donc, si m'en croyez, repliez-vous sans attendre. Le goupil est caché là-bas, dans ce buisson... Il attend pour vous prendre en traître en trompant votre vigilance.

Le coq ne fut guère satisfait de cette interprétation de son rêve. Il entra dans une colère noire et traita la poule de tous les noms.

– Pinte, dit-il, tu es vraiment folle ! Tes paroles sont indignes et m'outragent ! Tu prétends que je vais me faire surprendre ? que la bête est ici, dans l'enclos, toute prête à m'emporter de force... Malheureux qui croirait de telles sornettes !

– Messire, fit Pinte, Dieu vous entende ! Mais si rien n'arrive comme j'ai dit, je vous accorde sans contredit de ne plus être votre amie.

Prenant le rêve pour une plaisanterie, pour une fable sans importance, le coq est retourné se chauffer au soleil sur son tas. Là, comme si rien ne s'était passé, il se remet à sommeiller.

Renart, en cette circonstance, fait preuve d'une prudence remarquable et se montre prodigieusement rusé. Quand il voit le coq endormi, il marche vers lui sans plus attendre. Pas à pas, tout doux, sans courir, il s'avance, Renart, la tête basse…

Dès qu'il est assez près du coq pour pouvoir lui compter les plumes, Renart se jette sur lui, gueule ouverte. Hélas ! c'est trop précipité. Chantecler saute de côté. Il a reconnu Renart du tout premier coup d'œil. D'un battement d'aile, il va se poser tout en haut du tas de fumier…

Renart, voyant son coup manqué, se met à réfléchir à un moyen de manœuvrer le coq. Il faut qu'il le mange, à toute force. Sinon, ce sera journée perdue, il aura fait le voyage pour rien.

– Chantecler, lui dit-il alors, et de sa voix la plus suave, ne te sauve pas, n'aie pas peur. Je suis content de voir que tu te portes bien, car tu es mon cousin germain.

Chantecler reprend de l'assurance et entonne une chansonnette pour se remettre le cœur en joie. Et Renart dit à son cousin :

– Te souviens-tu de Chanteclin, ton bon père qui t'engendra ? Aucun coq ne chantait comme lui. D'une grande lieue on l'entendait ! Il tenait admirablement l'aigu, il avait du coffre et du souffle… Quand il chantait, les yeux fermés, sa voix était puissante et pleine.

– Cousin Renart, dit Chantecler, serait-ce que tu veux me tendre un traquenard ?

– Mais non, dit Renart, quelle idée ! Ce n'est certes pas mon intention ! Mais chante donc ! Ferme les yeux ! Nous sommes de même chair, de même sang tous deux… Plutôt que tu aies le moindre ennui, j'aimerais mieux qu'il me manque une patte !

– Cousin Renart, je ne te crois pas. Écarte-toi donc un peu de moi, et je te chanterai une chanson à faire vibrer les environs ! On va l'entendre, ma voix de fausset[1] ! Pas un voisin n'en sera privé !

Renart en est tout sourire.

– En avant donc ! Chante, cousin ! Je saurai bien si tu tiens ou non de Chanteclin, qui fut mon oncle !

Le coq commence dans le registre aigu… Un œil fermé, l'autre grand ouvert, car il se méfie du goupil… Il regarde souvent de son côté. Mais à peine a-t-il terminé :

– Cousin, dit Renart, tout ça ne vaut rien. Chanteclin chantait bien autrement ! Les yeux fermés, tout en longs traits, vingt clos plus loin on l'entendait !…

1. Voix de fausset : voix très aiguë.

Le coq prend cela pour argent comptant. Fermant les deux yeux cette fois, il attaque sa mélodie, passionnément, de tout son cœur. Renart ne peut plus résister. Jaillissant de dessous un chou rouge, il attrape l'autre par le col et prend la fuite avec sa proie – tout joyeux parce que, pour une fois, il ne rentrera pas chez lui bredouille.

Pinte a vu Renart enlever le coq. Elle s'abandonne à la tristesse et se lamente…

– Messire, je vous l'avais bien dit ! Mais vous me preniez pour une folle ! Maintenant, Renart vous tient et vous emporte, et moi, misère ! j'ai le cœur percé ! C'est juste comme si j'étais morte. Si je perds mon maître et seigneur, je suis déshonorée à jamais.

La paysanne de la maison a ouvert la porte de la cour. Le soir descend, la nuit s'approche : elle voudrait, avant qu'il fasse noir, rentrer ses poules dans leur toit. Elle appelle Pinte, Grise et Roussette… Sans résultat… Personne ne vient. Ne voyant pas ses poules arriver, la femme se demande ce qu'elles font. Elle appelle son coq à grands cris, et aperçoit Renart qui l'enlève… Elle se porte devant, à sa rescousse, mais le goupil se met à courir… Quand elle voit qu'elle ne le rattrapera pas :

– À moi ! crie-t-elle à pleins poumons.

Les vilains étaient au jeu de soule[1].

Ils entendent crier la fermière, et se précipitent de son côté. Ils lui demandent ce qu'elle a.

Elle raconte la chose avec de grands soupirs.

– Pauvre de moi ! Il m'arrive malheur !

– Comment ça ? demandent-ils tous.

– Hélas ! c'est que j'ai perdu mon coq ! Le goupil est venu et l'emporte !

– Que ne l'avez-vous frappé, bon sang ! lui dit Constant. Que n'avez-vous tapé dessus !

– Messire, je n'avais rien pour cela…

– Et ce bâton ?

– Pas eu moyen : il galope à une telle vitesse qu'il sèmerait deux chiens bretons !

– Par où court-il ?

– Par là, tout droit !

Toute la bande s'élance, pleine d'allant. Tous vocifèrent : « Allez ! Allez ! » Renart, devant, entend les cris. Arrivé au trou dans la haie, il s'élance et fait un tel bond qu'il ne peut contrôler sa chute et se reçoit sur l'arrière-train de l'autre côté de la clôture…

Les autres l'ont entendu tomber. Ils crient de nouveau :

« Ici ! Par là ! » Constant hurle :

1. Jeu de soule : ancêtre du football et du rugby.

– À ses trousses ! Vite !

À force de courir comme ils font, ils aperçoivent Renart devant… Tous s'écrient : « Voilà le goupil ! » Du coup, le coq est en grand péril, à moins de faire preuve, de son côté, d'autant de ruse et d'astuce que Renart…

– Comment ! fait-il, messire Renart, vous n'entendez pas les insultes que vous crient tous ces culs-terreux ? Le père Constant vous serre de près… Lancez-lui donc un de vos sarcasmes quand vous aurez passé la porte ! Quand il dira : « Renart l'emporte ! », dites-lui par exemple : « Sous votre nez ! » Rien ne pourrait mieux le dépiter !

Tout sage a son jour de folie. Renart, d'habitude, trompe tout le monde. Ce jour-là, ce fut lui la victime. Qui aurait cru qu'il se laisserait prendre ? Il lança d'une voix triomphante :

– Malgré vous, moi, le rusé Renart, j'emporte le coq : c'est ma part !

Le coq ne fit ni une ni deux : quand il sentit que la gueule de Renart se desserrait autour de son cou, d'un coup d'aile il se dégagea et vint se poser sur un pommier.

Renart restait en bas, dans le fumier – vexé, furieux d'avoir laissé le coq s'échapper.

Chantecler dit, dans un éclat de rire :

– Eh bien, Renart, que pensez-vous de ça ?

Le glouton en frémit et tremble. Il répond avec sauvagerie :

– Honte à la bouche qui fait du bruit, quand elle devrait garder le silence !

– Cousin Renart, dit le coq, personne ne peut vous faire confiance. Au diable votre cousinage ! Il a bien failli me coûter cher et tourner à mon désavantage. Allez-vous-en d'ici, parjure ! Si vous demeurez plus longtemps, vous y laisserez votre beau costume !

Chantecler peut caqueter tant qu'il veut, le goupil ne s'en soucie guère. Il n'a plus l'intention de parler. Il s'en retourne sans plus attendre, et sans s'octroyer le moindre repos. Sa détresse est grande, son cœur vide… Dans des broussailles au bord d'une plaine, il se sauve tout au long d'un sentier.

Il est tout triste, il se lamente… Il pleure sa proie perdue, le coq qui lui a échappé, dont il n'a pu se remplir la panse.

Renart et la mésange

Pendant qu'il est là à se plaindre qu'on l'ait trompé par des flatteries, voici qu'apparaît une mésange, perchée sur la branche d'un chêne creux. Elle ne quitte guère les parages, ayant caché ses œufs dans l'arbre. Renart l'aperçoit, la salue :

– Ma commère, vous tombez à point ! Descendez me donner un baiser !

– Taisez-vous, Renart ! dit la mésange. Vous êtes le parrain de mon fils, c'est vrai, mais ce serait mieux si vous n'étiez pas d'abord un brigand d'une telle envergure... Vous avez joué tant de tours à tant de monde, trompé tant de biches, tant d'oiseaux, qu'on ne sait vraiment plus à quoi s'en tenir sur votre compte.

– Ma chère dame, répond le goupil, aussi vrai que votre fils est mon filleul par un baptême en règle, jamais je n'ai même eu l'intention de vous causer la moindre peine. Et savez-vous pourquoi ? Messire Noble, le lion, a reçu les serments de la paix générale. Ses vassaux[1] se sont engagés à ce qu'elle soit sauvegardée et maintenue sur toute l'étendue de son royaume. Le petit peuple est en liesse : dorénavant, un peu partout, c'en sera fini des querelles, des litiges, des conflits meurtriers, et les bêtes, grandes et petites, Dieu merci ! dormiront tranquilles.

La mésange alors lui répond :

– Renart, vous êtes en train de me raconter des histoires. Mais pitié s'il vous plaît, allez chercher une dupe ailleurs[2] ! Moi, je ne vous donnerai pas de baiser aujourd'hui. Mon cœur est las de vous entendre et malgré tous vos beaux discours, ce baiser, vous ne l'aurez pas !

Quand Renart voit que sa commère refuse de le croire, lui son compère :

– Chère dame, fait-il, écoutez-moi donc ! Puisque vous avez peur de moi, je vous embrasserai en fermant les yeux.

– Ma foi, dit la mésange, si c'est comme ça, je veux bien le faire. Allez-y donc ! Fermez les yeux !

Renart obéit, clôt ses paupières. La mésange n'a nulle envie d'embrasser le goupil. Elle prend une pleine poignée de mousse, de feuilles et de

1. Vassal (pluriel : vassaux) : seigneur ayant reçu un territoire d'un seigneur plus important, auquel il doit obéissance. 2. Allez chercher une dupe ailleurs ! : allez chercher ailleurs quelqu'un à tromper (duper = tromper).

brindilles, et se met à lui frotter le museau… Et quand Renart croit l'attraper, ses dents ne happent qu'un bout de feuille restée piquée dans ses moustaches…

Et la mésange alors lui crie :

– Eh bien, Renart ! C'est quoi, cette paix ? Vous auriez eu vite rompu la trêve si je ne m'étais pas reculée ! Vous disiez la paix assurée, vous disiez qu'on l'avait jurée. Mais ce n'était pas un bon serment, votre roi ne tient pas ses engagements !

Renart là-dessus se met à rire, il lâche un petit jappement badin :

– D'accord, fait-il, je m'amusais ! Je voulais juste vous effrayer. Mais quelle importance ? C'est à refaire. Je vais fermer les yeux de nouveau.

– Or donc, dit la mésange, revenez-y mais soyez sage !

L'autre, l'astucieux de toutes les astuces, recommence à fermer les yeux. La mésange s'approche de sa gueule, elle vient tout près, à ras des dents… sans aller jusqu'à se fourrer dedans ! Renart, de nouveau, jette un coup de croc… Il croit attraper la mésange, mais… hop ! raté ! l'oiseau s' envole.

– Renart, fait-elle, qu'est-ce que ça veut dire ? Il va m'être impossible de vous croire, désormais. Comment pourrais-je vous faire confiance ? Le diable me rôtisse si ça m'arrive !

Renart dit :

– Vous êtes trop peureuse aussi ! Je voulais juste vous faire battre le cœur, et vous mettre un peu à l'épreuve. Je vous garantis que je n'ai en vue ni trahison ni félonie ! Mais revenez, qu'on refasse un essai !

La mésange fait la sourde oreille. Elle n'est ni folle ni stupide. Elle s'installe sur une branche du chêne. Et cependant que Renart, en dessous, continue de plaider sa cause, voilà qu'une troupe de chasseurs, de valets de chiens, de sonneurs de trompe, lui tombe tout à coup sur le dos... Le goupil est d'abord sidéré à la vue de cet équipage[1]... Mais il se reprend immédiatement et met tout en œuvre pour s'enfuir... La mésange, de son chêne, lui crie :

– Eh, Renart ! Votre paix jurée si solide, elle a été rompue vite fait ! Où fuyez-vous ? Revenez donc !

Renart, qu'on ne prendra jamais en défaut de prudence ou d'adresse, prend le large sans plus attendre. On l'entend qui déclame, au loin :

– Ma chère dame, les trêves sont jurées. Elles sont garanties, publiées... Mais cela ne se sait pas partout. Ce sont de jeunes chiens qui nous arrivent...

– Vraiment, vous croyez que ces jeunes chiens

1. Équipage : les chasseurs avec leurs chiens, leurs chevaux et leurs équipements.

oseraient violer la paix ? Revenez, qu'on se réconcilie ! Revenez me donner un baiser !

– Je n'en ai pas le loisir pour l'heure !

Et Renart s'enfuit sans rien ajouter.

Renart et Tibert le chat

Tandis qu'il laisse échapper ses plaintes et ressasse ce qui vient de lui arriver, il aperçoit dans un chemin le chat Tibert en train de s'amuser, sans compagnie ni équipage[1]. Le félin joue avec sa queue, danse avec elle, fait mille pirouettes. Levant le nez au milieu d'un saut, il découvre Renart qui l'observe, et le reconnaît à son poil roux.

– Messire, fait-il, soyez le bienvenu !

Renart répond sur le mode brutal :

– Moi, Tibert, je ne vous salue pas ! Ne vous avisez surtout pas de croiser trop souvent ma route ! Par ma tête ! si j'avais le loisir, je vous taperais dessus avec plaisir !

Tibert comprend qu'il vaut mieux qu'il se taise, car Renart est vraiment furieux. Il marche donc à

1. Sans compagnie ni équipage : sans les gens de service ou d'escorte qui forment la suite d'un haut personnage.

lui tout bonnement, l'air soumis, faisant patte de velours :

– Messire, vraiment, cela me désole que vous soyez en colère contre moi !

Renart manquait de force et d'énergie. Les mauvais coups, le ventre creux avaient bien réduit son ardeur. Il était hors d'état de se battre… Il n'avait rien mangé de la journée et le chat, lui, était frais comme l'œil, bien reposé, en pleine vigueur, les moustaches blanchies par l'âge, mais de petites dents bien tranchantes et de bons ongles prêts à griffer. Si Renart voulait dompter ce fauve, ce ne serait pas gagné d'avance : l'autre se défendrait, j'en suis sûr. Mais le goupil n'a pas l'intention de se colleter avec Tibert. Il a déjà la peau labourée en plus d'un endroit. Il préfère changer de langage, tourner ses mots d'une autre façon :

– Tibert, fait-il avec douceur, je me suis lancé à corps perdu dans une guerre âpre et sans pitié, contre un ennemi qui n'est autre que mon vieux compère Ysengrin… Pour cela, j'ai engagé beaucoup de mercenaires, et vous-même, je voudrais vous prier de rester à ma solde[1] car, avant qu'on n'en vienne à une trêve, j'ai l'intention de causer au loup énormément de désagréments…

1. Rester à ma solde : rester à mon service, comme soldat que je paie.

Tibert le chat se réjouit fort de ce que Renart lui demande.

– Tenez, fait-il, j'engage ma foi que désormais je ne vous ferai pas défaut une seule journée. Je combattrai bien volontiers le sieur Ysengrin, votre ennemi, car il m'a offensé bien souvent, tant en paroles qu'en actions.

Renart a si bien cajolé le chat que tous deux trouvent un terrain d'entente. Ils partent liés par un serment. Mais Renart, qui n'a aucune moralité, ne pense qu'à une chose : comment trahir son nouvel allié.

C'est alors que, dans une sente étroite, il repère sur le bord un « braion », piège fait d'une branche de chêne fendue et tendu là par un vilain. Renart est trop fin pour tomber dedans. Mais cela lui donne une idée. Trêve ou pas trêve, maître Tibert, si je peux t'attirer dans « le piège à broyer », je te ferai passer un sale quart d'heure.

À cette pensée peu charitable, Renart se sent tout ragaillardi, et il appelle son compagnon pour lui dire, avec un petit rire :

– Messire Tibert, mon ami cher, vous savez que je vous estime fort, pour votre bravoure et votre ardeur, et votre cheval si rapide. Montrez-moi donc comment il court, sur ce chemin poussiéreux à souhait ! Faites-le-moi galoper sur toute la longueur de la piste ! Le terrain est parfait : plat… égal…

Le Tibert est tout excité. Il faut vraiment que Renart soit fort, il faut qu'il soit le diable incarné pour convaincre un vieux chat des bois de se lancer à faire des sottises.

Tibert s'apprête à jouer de l'éperon… Il court, court encore à petits bonds, et fait tant qu'il arrive au braion… Une fois devant, il comprend tout de suite que Renart manigance quelque chose… Mais il n'en laisse rien paraître et s'écarte du piège d'un demi-pied. Renart, qui l'a bien regardé faire, lui dit alors avec dédain :

– Vous montez mal, mon pauvre ami ! Vous poussez votre cheval en biais… C'est à refaire ! Repiquez de l'éperon ! Mais menez votre monture plus droit !

– Volontiers !

Tibert laisse son cheval courir à cou tendu, jusqu'à ce qu'il voie le piège ouvert… Il continue sans se détourner et saute l'obstacle dans la foulée.

La feinte n'échappe pas au goupil. Il a vu le petit bond discret, il comprend que l'autre n'est pas dupe et que cela va être difficile de le surprendre. Comment faire pour l'embrouiller de telle façon qu'il tombe dans le piège ?

Il marche donc à sa rencontre, et lui jette, furieux :

– Tibert, je n'ai pas peur de vous le dire, votre cheval ne vaut pas un clou ! Il est rétif, se cabre sans arrêt !

Tibert s'excuse platement pour tout ce dont Renart l'accuse. Humble et docile, il s'offre à recommencer le galop.

Mais voici que deux mâtins[1] surviennent à l'improviste. Ils partent en aboiements furieux dès l'instant qu'ils voient le goupil. Les deux compères, fort effrayés, prennent la fuite au long du sentier… Ils courent, courent, l'un poussant l'autre, si bien qu'ils arrivent à l'endroit où est tendu le piège de bois.

Renart voit le piège sans appréhension : il n'a pas l'intention de tomber dedans. Mais c'est compter sans maître Tibert… Tibert, qui court à sa hauteur et qui le serre de près, de si près que soudain il le projette de côté d'une forte bourrade du bras gauche… Et mon Renart, pris au dépourvu, met le pied droit en plein dans le piège…

La clé de blocage est éjectée – l'engin fonctionne parfaitement ! Un claquement… Les mâchoires se referment, emprisonnant la patte de Renart. Voilà le goupil bien embêté.

Renart reste sur place, et le chat s'éclipse en lui criant à plein gosier :

– Renart, vous allez croupir là ! Moi, je m'en vais : j'ai vraiment trop peur ! Le chat est un

1. Mâtin : gros chien de ferme.

vieux routier, messire. Le rusé rencontre plus rusé que lui !

Renart est vraiment dans de sales draps. Les chiens le tiennent à leur merci. Le vilain, qui arrive à leur suite, lève sa hache sur le goupil. Il frappe. Le coup passe si près que, pour un peu, Renart se retrouverait sans tête ! Mais le fer tombe sans le toucher, glisse jusqu'au piège qui se fend et s'ouvre sous le choc.

Renart dégage sa patte et la tire à lui… Ah, misère ! – il est grièvement blessé ! Il s'enfuit, plein de douleur et plein de joie. Douleur à cause de sa blessure… Joie de s'en être tiré sans laisser sa patte dans l'affaire…

Il n'ose se tapir nulle part avant d'avoir passé le bois. À ce moment-là, coup de chance, les chiens se lassent. Ils tirent une langue d'un demi-pied. Fourbus, ils battent en retraite. Renart continue de fuir tout au long d'un grand chemin charretier. Sa plaie le cuit et lui fait mal. Pour un peu, il aurait laissé sa cuisse coincée dans la machine ! Et il a eu bien peur aussi de cette cognée[1] terrible avec laquelle le vilain voulait le tuer ! De l'une comme de l'autre épreuve, il n'a pu se tirer qu'à grand-peine, pour fuir comme le hasard le mène.

1. Cognée : hache.

Renart et Tiécelin le corbeau

Dans une plaine, entre deux coteaux, juste au pied d'une montagne, Renart vit un site merveilleux, qui ne semblait pas très fréquenté. Une rivière coulait sur la droite : le havre de paix était au-delà. Renart y aperçut un hêtre solitaire... Ayant traversé l'eau, il vient tout droit à l'arbre, en fait le tour en dansant puis se couche dans l'herbe fraîche. Il s'y roule, s'y étend de tout son long. Le voilà descendu dans une bonne « hostellerie » ! Inutile de chercher ailleurs, il sera parfaitement bien ici, sous réserve qu'il trouve un peu de nourriture.

Cependant, maître Tiécelin le corbeau, qui, lui, avait jeûné tout le jour, ne cherchait pas des lieux de repos. Sorti de ses bois, il était impatient de trouver où s'approvisionner.

Une propriété clôturée lui fut une bonne découverte. La cour était pleine de fromages, un millier au bas mot, qu'on avait mis à s'aérer. La femme qui devait les surveiller était rentrée dans sa maison.

Des fromages ? Livrés à eux-mêmes ? Tiécelin se dit que cela tombe à pic, c'est l'occasion de faire du butin… Il sonne la charge et lance l'attaque ! Il prend un fromage, et s'envole… Pour tâcher de reprendre son bien, la vieille ne fait qu'un bond jusqu'au milieu de la rue. Elle voit Tiécelin et se déchaîne, lui jette des cailloux et des pierres…

Là-dessus, mon Tiécelin s'éloigne et vient tout droit à cette petite plaine où maître Renart prend son repos. Tiécelin est en haut de l'arbre et Renart, en dessous, juste au pied. Leurs situations, toutefois, sont très loin d'être semblables. L'un mange pendant que l'autre bâille de faim !

Le fromage n'était pas trop sec. Tiécelin l'attaque à grands coups de bec. Sans qu'il s'en aperçoive, il laisse une miette tomber par terre, juste devant le nez du goupil. Renart comprend tout de suite ce qui se passe, et à quelle bête il a affaire. Il secoue la tête et se met debout pour mieux voir comment les choses se présentent.

Ça, par exemple, c'est une surprise ! Qui découvre-t-il, en haut de l'arbre ? Tiécelin, qui est un vieux compère, le bon fromage entre ses pattes !

Il l'appelle donc familièrement :

– Par Dieu et ses saints, que vois-je là ? Est-ce

vous, messire mon compère ? Que l'âme de votre père soit en joie, maître Rohart qui chantait si bien ! Maintes fois, j'ai entendu proclamer qu'il avait le premier prix en France. Et vous-même, dans votre jeune âge, vous pratiquiez régulièrement en vous donnant beaucoup de mal... Possédez-vous toujours vos talents musicaux ? Chantez-moi donc une jolie chanson à refrain...

Ces flatteries ne tombent pas dans l'oreille d'un sourd. Tiécelin, à toutes ces fausses louanges, ouvre le bec et jette un cri.

Et Renart dit :

– Joli travail, et fignolé ! Vous chantez mieux que d'habitude. Et encore, si vous le vouliez, vous pourriez prendre un ton plus haut !

L'autre, qui se fait coquetterie de bien chanter, se met derechef à croasser.

– Mon Dieu, dit Renart, quelle merveille ! Comme votre voix s'est éclaircie ! Comme elle est devenue brillante ! Si vous cessiez de manger des noix, vous seriez le meilleur chanteur du monde ! Chantez encore, une troisième fois !

L'autre rebraille à perdre haleine. Il ne voit pas, dans son effort, que sa patte droite se desserre et lâche prise... Voilà le fromage qui tombe à terre, juste devant les pieds du goupil ! Tout brûlant de désir qu'il est, et consumé de gourmandise, le glouton se garde bien d'y toucher. Il n'en prendra ni croûte ni miette. C'est une ruse, et c'est un rusé. Il veut plus – s'il peut y arriver. Il veut le fromage et le fromager. Il veut Tiécelin par-dessus le marché.

Il laisse donc le fromage en place, se relève de nouveau, tout chancelant, et avance la patte dont il boite... Il veut que Tiécelin la voie, cette patte, où la peau s'en va en lambeaux...

– Ha, Dieu ! fait-il, que le Ciel m'a donné peu de bonheur en cette vie ! Ce fromage est tellement puant, il empeste tant qu'il va me tuer ! Le pire, c'est que je sais que le fromage n'est pas bon pour les plaies... Les blessés doivent s'en abstenir. Ho ! Tiécelin ! Descendez donc ! Ôtez-moi cette horreur de sous le nez ! Débarrassez-moi de cette nuisance ! Je ne vous demanderais pas ce service si je n'étais pas si éclopé.

Tiécelin croit que Renart est sincère, puisqu'il le supplie en pleurant. Il descend de son perchoir, se pose à terre... Pourtant, d'abord, il se tient au large. Il a peur, c'est visible. Cela ne fait pas l'affaire du goupil. Sacré couard de poltron de corbeau ! Aussi se met-il en frais de paroles rassurantes :

– Par Dieu, fait-il, venez un peu là ! Quel mal peut vous faire un blessé ?

Il se tourne vers lui, prend ses marques et lui saute dessus.

L'insensé n'a rien vu venir. Il a de la chance que Renart le manque : le goupil n'emporte que quatre plumes, qui lui restent entre les dents.

Tiécelin s'écarte, tout choqué. C'est comme cela qu'on le récompense ?

– Hé ! Dieu, dit-il, pour aujourd'hui, je me suis mal tenu sur mes gardes ! Mais je n'imaginais pas qu'il tramait quelque chose, ce perfide, cet infirme, ce rouquin puant ! Il m'a arraché quatre plumes, à l'aile droite et à la queue... Que les ténèbres l'engloutissent ! C'est vraiment un trompeur et un traître, maintenant je peux m'en apercevoir !

Tiécelin est très en colère. Il dit :

– D'accord ! À vous le fromage ! Mais vous n'aurez rien d'autre de ma part aujourd'hui ! J'ai agi comme un imbécile, et si je vous ai cru, c'est bien parce que je vous voyais éclopé au dernier degré...

Tiécelin parlait, Tiécelin grognait, Renart ne répondait pas un mot. Tranquillement, délicatement, il se vengeait de toutes ses misères. Il mangeait tout le fromage, déplorant juste qu'il ne soit pas plus gros : cela vaut toutes les tisanes du monde !

Quand il s'en fut bien régalé, il se lécha longuement les babines. Jamais, de toute sa vie, dans nul pays de sa connaissance, il n'avait dégusté un fromage comme celui-là. Sa plaie ne s'envenima pas pour autant. Tout allait donc le mieux possible. Il n'avait plus qu'à lever le camp. C'est ce qu'il fit, sans rien dire d'autre...

Renart et la louve Hersent

L'affaire réglée de cette façon, notre Renart reprit sa route. Il tailla son chemin dans les bois, par le travers d'une pente broussailleuse et continua sans s'arrêter jusqu'à ce qu'il arrive à une haie qui recouvrait un trou obscur. Et là, le destin s'en mêla. Il lui advint une aventure qui eut de fâcheuses conséquences. C'est de ce jour en effet que date sa grande querelle avec Ysengrin le connétable.

En découvrant la caverne, Renart ne sait d'abord que faire.

Il s'approche avec précaution, pour voir si ce n'est point une cache, s'il n'y aurait pas là, par hasard, un trésor dissimulé. Sans trop bien se rendre compte de ce qu'il fait, il descend plus loin dans la grotte et se retrouve, à sa profonde surprise, au beau milieu de la grande salle de maître Ysengrin, son ennemi. Quatre louveteaux y sont couchés. Leur mère, la louve, madame Hersent, s'occupe d'eux et les nourrit. À chacun elle donne sa bouchée.

Renart, qui n'est ni bien gros, ni bien large, s'est caché derrière la porte… Dame Hersent l'a reconnu à son poil roux. Et comme il ne peut rester en place, qu'il s'agite en faisant du bruit, elle se met à rire et lui dit :

– Renart, qu'êtes-vous donc en train d'espionner ?

Le goupil en est tout déconfit. Quelque chose lui dit qu'il va se retrouver dans une situation humiliante. Il n'ose souffler mot, tant il a peur, car il sait qu'Ysengrin ne l'aime guère.

Hersent se met debout d'un bond, dresse la tête, et le rappelle. Elle dit, en le désignant de son doigt effilé :

– Renart, votre poil roux vous trahit. Vous m'évitez soigneusement ! Jamais vous n'êtes venu me voir. Mais moi, je ne connais pas de compère qui ne rende visite à sa commère.

L'autre a une telle peur qu'il ne peut, pour le coup, s'empêcher de répondre.

– Dame, fait-il, je vous assure, je serais venu bien volontiers ! Mais quand je circule dans le voisinage, maître Ysengrin est là qui me guette, sur les grandes routes comme les petits chemins, et je ne sais plus trop quoi faire, tant votre seigneur et maître me hait. Selon lui, je vous aimerais d'amour.

La louve, à ces révélations, s'enflamme et transpire de colère.

– Comment ! fait-elle, maître Renart, c'est ainsi qu'on parle de moi ? Quel malheur pour une honnête femme d'être soupçonnée de choses pareilles ! Je peux le dire avec fierté : jamais je n'eus de pensées infâmes... Mais puisque l'autre est allé se plaindre, je veux désormais que vous m'aimiez ! Revenez me voir plus souvent, et je vous prendrai comme bon ami !

Renart craint l'arrivée d'Ysengrin, il redoute fort que l'époux ne survienne. Cela ne l'empêche pas, cependant, de faire quelque chose avant de s'en aller... Il rafle tout, dévore tout ce qui traîne... Puis il fouille les réserves, et jette dehors tout ce qu'il déniche, la viande fraîche comme les conserves... Il laisse les quatre louveteaux en larmes. Hersent vient les trouver, les caresse, se fait suppliante :

– Mes enfants, je vous en conjure, votre père ne doit rien savoir. Il ne faut jamais qu'il apprenne que vous avez vu Renart ici.

Là-dessus voilà maître Ysengrin qui regagne son domicile.

Il trouve sa mesnie[1] sens dessus dessous. C'est

1. Mesnie : maisonnée, famille.

l'œuvre de Renart, disent ses fils, et ils se plaignent à leur père de ce que le goupil leur a fait.

Le loup, à ce coup, tremble de colère. Ysengrin dresse son plan de campagne. Il annonce que Renart va être mis sous haute surveillance, et qu'on l'espionnera sans répit avant de lancer la guerre en grand. Bien fou s'il ne fait rien pour se tenir à carreau...

Et dès lors les deux loups se donnent un mal de chien pour espionner celui qu'ils détestent. Mais les chemins parfois bifurquent, le vent tourne, le temps change : la semaine n'avait pas passé qu'il arrivait à Renart une aventure des plus étranges.

La chose eut lieu près d'un petit clos, établi dans un lieu défriché. Renart était en terrain de connaissance. Il venait là à la maraude[1], pour se procurer de quoi manger.

Ysengrin le loup, par hasard, se trouvait aussi dans les parages. Lui, on le sait, ne demande qu'une chose, c'est de pouvoir mettre le grappin sur Renart. Mais voyez la coïncidence ! Baissant les yeux, il l'aperçoit... C'est Renart !... Il le reconnaît bien... Renart ! Il jette un grand cri... Renart ! Renart ! Il l'appelle...

1. Il venait là à la maraude : il rôdait en quête de nourriture à voler.

Les loups se lancent à ses trousses, Hersent et Ysengrin ensemble, mais ne peuvent lui passer devant. Renart enfile les petits chemins, il n'en finit pas de jouer de l'éperon jusqu'à son repaire de Malpertuis.

Il ne reste pas sur le pas de la porte mais entre chez lui sans attendre. Renart n'a plus de souci à se faire constate le loup avec dépit. Que voulez-vous qu'il craigne désormais ? Il s'est retiré dans son terrier, le voilà pour un coup hors d'atteinte.

Le serment de Renart

Ysengrin s'en retourne chez lui à contrecœur.

– Messire, dit Hersent, tâchez donc de penser à autre chose. Écoutez donc plutôt ce que je vous suggère. C'est à la cour de Noble le lion que se tiennent les plaids[1] et les audiences… C'est là qu'on règle les litiges, qu'on arbitre les simples querelles aussi bien que les conflits meurtriers. Traînons Renart devant le roi.

Ces paroles ont versé du baume au cœur du loup et l'ont si bien réconforté que sa colère est tombée d'un coup.

– C'est vrai, dit-il, j'ai trop grogné ! Vos conseils m'ont remis sur la voie : je sais maintenant ce qu'il me reste à faire. Renart payera cher ses excès, si je peux le faire comparaître à la cour du roi.

1. Plaid : procès.

Là-dessus le loup et la louve se mettent en route et cheminent sans halte ni repos jusqu'à ce qu'ils arrivent à la Cour.

Nos deux loups parviennent sans encombre au palais, où le roi tient ses assemblées de justice. La Cour est là au grand complet. Lui, Noble, le lion, le roi, siège sur un trône somptueux, d'une richesse et d'un luxe tels que son rang l'exige.

Voici le loup dans la place, flanqué de sa chère et tendre épouse. Tout le monde fait silence pour qu'ils puissent exposer leur affaire. Ysengrin, debout devant le roi dans le cercle des courtisans, entame son discours en poussant de grands soupirs.

Après le discours d'Ysengrin, les animaux débattent ; les uns soutiennent Renart, les autres le loup. Ils finissent par décider que Renart devra prêter serment de paix devant le chien Roenel.

– Par tous les saints de Bethléem, répond le roi, très en gaieté, je ne serais pas plus content si on me faisait cadeau de mille livres que je ne le suis d'être enfin débarrassé de cette affaire ! Je ne veux donc plus m'en occuper, sauf pour fixer le jour de l'accord, devant Roenel le mâtin, le chien de Frobert de la Fontaine. Ce sera dimanche après la messe. Il faut, bien entendu, que Renart réponde à l'appel, mais avant, on doit le convoquer. Grimbert le blaireau ira le trouver. Il lui dira, de notre part, qu'il faut qu'il vienne et comparaisse, et donne satisfaction au loup dimanche après la procession.

La cour de justice est dissoute, Grimbert part porter son message.

Il tombe pile à Malpertuis pour y trouver Renart au gîte. Sans attendre, il fait son rapport. Explique à Renart que barons et comtes l'ont assigné à comparaître à jour fixé pour faire la paix. Roenel servira d'arbitre et présidera la rencontre. Que Renart soit présent sans faute, c'est un ordre formel du roi !

Renart ne demande rien de plus. C'est du moins ce qu'il déclare à l'autre. Il sera exact au rendez-vous et fera ce que la Cour ordonnera.

Pendant ce temps-là, son adversaire Ysengrin ne garde pas sa langue dans sa poche. La veille du jour de la rencontre, il s'en va, sans traîner en chemin, tout droit chez Roenel le mâtin…

– Roenel, écoutez-moi donc. Je suis venu vous demander conseil. Il y a guerre entre Renart et moi, car il m'a fait beaucoup de tort. Je vous prie donc, en toute amitié, d'être avec moi dans cette affaire, jusqu'à ce que l'autre ait avoué ses torts.

– Aucun problème, dit Roenel. Arrêtez donc un peu de vous plaindre. On va vous donner un coup de main. Vous n'aurez qu'à prétendre que je me suis étranglé avec un os. Précisez bien que je suis à la dernière extrémité. Je serai couché comme un cadavre, babines retroussées, tout grimaçant, le cou plié, la langue dehors... Quand Renart sera là, expliquez-lui qu'il sera absolument quitte envers vous s'il peut faire serment sur ma dent qu'il n'a jamais fait de tort à Hersent. S'il s'approche assez de mon museau, il pourra dire, avant que je le relâche, qu'il n'a jamais vu de saint si bien mordre ! Mais s'il veut nous fausser compagnie sans venir jusqu'à la relique, gare à lui ! il ne pourra pas fuir ! Car j'aurai mis en sentinelles plus de quarante mâtins de mes amis, les meilleurs de mes compagnons, les plus adroits, les plus féroces... Donc, par la relique ou par les chiens, il faudra que Renart soit bien fort pour ne pas tomber dans mes pattes !

Voici donc Ysengrin qui s'en retourne vers sa forêt de Jeunemande. Il fait mille recherches, mille démarches, partout où il a des amis. Il n'envoie pas de messagers. Il sollicite les gens lui-même, en rase campagne comme dans les bois. Bêtes de tout poil, poils longs, poils courts, et même bêtes sans poils du tout, nul ne décline l'invitation.

Tous l'assurent de leur appui. Amis proches et simples alliés, familiers et étrangers, et ses parents au grand complet, ont promis de ne pas faiblir jusqu'à ce qu'il obtienne son serment.

Renart pour autant n'est pas seul. Il a de fervents partisans, qui viennent prendre place à ses côtés. Messire Grimbert est de ceux-là. Il ne pourrait guère faire défection : Renart est son cousin germain.

On se presse sur les lieux de la rencontre. Renart et ceux qui l'accompagnent n'ont de cesse qu'ils ne soient descendus au village où le plaid doit se tenir. Ysengrin est déjà sur place. Entre eux deux : Roenel, couché sur le revers du fossé. Le mâtin guette Renart en faisant le mort. Cou plié, langue sortie, il ne bouge ni pattes ni tête.

Brichemer préside la séance. Toute la Cour s'en remet à lui. D'un consentement unanime, c'est le cerf qu'on a choisi pour diriger les pourparlers. Il s'est donc mis debout le premier :

– Renart, dit-il solennellement, vous qui devez vous disculper comme les barons l'ont décrété, approchez-vous pour le serment ... Vous devrez jurer sur la dent de saint Roenel le Rechigneux que vous n'avez en aucune manière ni trahi ni trompé le plaignant, et que c'est à tort qu'on vous soupçonne...

Renart n'est pas né d'hier. De l'astuce, il en a toujours eu, et plus que n'en auront jamais tous les cerfs et les biches réunis... Il n'a pas de mal à se rendre compte qu'on l'attire dans un guet-apens. Roenel se porte très bien, je vous remercie.

Il s'empêche de respirer, mais ses flancs battent et se soulèvent chaque fois qu'il lui faut reprendre haleine. Renart, d'instinct, tire en arrière, tant il redoute les chiens vivants... Mais Brichemer l'ayant vu reculer :

– Renart, fait-il, qu'est-ce que ça veut dire ? Vous devez mettre la main droite juste sur la dent de saint Roenel...

– Sans doute, messire, répond Renart, mais je vois ici quelque chose que peut-être vous ne voyez pas. Je voudrais bien vous dire ce qu'il en est : j'ai bien envie de vendre la mèche... Mais comme cela ne se peut pas, nous laisserons les choses en l'état.

Maître Grimbert, le neveu, le blaireau, s'est aperçu de ce qui se prépare. Le coup fourré est évident. Il trouve l'excuse qu'il faut pour justifier la reculade.

– Messire, dit-il à Brichemer, messire, prêtez-moi attention. Maître Renart ne peut décemment tailler son chemin dans cette cohue, et se laisser bousculer par ces gens. Ce serait un spectacle indigne de voir la foule se colleter avec un baron de cette envergure. Faites donc reculer vos courtisans, que Renart puisse s'approcher de la relique et faire sa réparation.

– Où avais-je la tête ? dit Brichemer. Je vais tout de suite lui rendre la voie libre.

Le cerf a fait descendre ses gens… Il les a fait reculer pour qu'il y ait plus de place qu'avant… Renart profite de l'occasion. Il n'a guère envie de s'attarder. À l'instant même où il doit se diriger vers la relique, il fait volte-face et adieu ! Il s'enfuit, le maudit traître ! Ses ennemis lui crient après. Les chiens postés en embuscade bondissent à ses trousses, et vas-y que je te cours !

À la lisière du petit bois, il se retrouve face à quatre chiens… Ce sont Tranchant et Bataillon, avec Failli-Chien et un autre… Renart, environné d'ennemis, se met alors à craindre pour sa vie. Lui que la chance a toujours servi joue de malheur en ce jour fatal. Ses ruses ne lui servent plus de rien. Elles ne peuvent empêcher ses poils de voltiger de droite et de gauche.

Les chiens l'ont tellement dépiauté, tiraillé, secoué, déchiré, qu'ils lui ont fait plus de treize blessures où l'os est à découvert… Enfin, ils l'ont tant maltraité, tant martyrisé, tant meurtri, tellement battu et piétiné qu'ils l'ont refoulé dans Malpertuis…

Renart et les anguilles

Seigneurs, c'était en fin d'été, quand le temps n'est déjà plus si doux et que l'hiver s'apprête à revenir. Renart était dans sa maison. Il n'avait plus de provisions, tous ses garde-manger étaient vides. C'était le fin fond de la détresse. Il ne pouvait plus rien acheter, ne trouvait plus rien à vendre et plus rien à troquer. Il n'avait rien du tout pour se réconforter.

Le besoin le poussa sur les routes.

Il ne sait où chercher sa nourriture. La faim le tourmente cruellement. De guerre lasse, il se couche le long d'une haie pour attendre les occasions.

Et justement en voilà une. Voici qu'arrivent à grand train des marchands qui viennent de la côte avec un chargement de poissons. Ils ont gros et petits poissons de mer, leurs paniers en sont bien remplis, et ils ont lamproies et anguilles, pêchées en rivières ou étangs et achetées au passage dans les fermes. Leur charrette est chargée à plein. Renart, qui sait si bien tromper le monde, doit se trouver, à ce moment-là, à un jet de flèche du véhicule…

Quand il comprend ce qui vient vers lui, il a tôt fait de réagir. Il décampe discrètement par les chemins pour attendre les marchands et leur tendre son embuscade.

Arrivé à la bonne distance, il se couche au milieu de la route… Écoutez comment il s'y prend pour égarer les gens ! Il s'affale dans l'herbe et fait le mort. Renart, le trompeur du genre humain, ferme les yeux, retrousse les babines, et retient habilement son haleine. Et il reste là, tout gisant.

Les marchands continuent leur train sans savoir ce qui les attend. L'un des deux aperçoit Renart. Il regarde longuement, s'ébahit, puis interpelle son compagnon :

– Vois donc un peu là-bas ! C'est un goupil ou un chien de ferme !

L'autre repère Renart à son tour. Il s'écrie :

– Pas de doute ! C'est le goupil ! Allez, vas-y ! Attrape-le ! tâche qu'il ne se sauve pas ! Faudrait qu'il connaisse bien des tours pour ne pas nous laisser sa peau !

Le premier marchand force le pas, son compagnon sur ses talons. Ils arrivent sur l'animal, le trouvent couché à la renverse. Ils l'attrapent, le manipulent, le retournent d'un côté, de l'autre, sans avoir peur d'être mordus. Ils calculent ce que peut valoir la fourrure du dos, celle de la gorge… L'un dit trois sols. L'autre rétorque :

– Dieu nous protège ! elle en vaut quatre, et à ce prix-là, c'est donné ! Regarde comme la gorge est blanche et nette !

Là-dessus, ils s'approchent du chariot et lancent leur capture sur le dessus du chargement. Puis ils se remettent en chemin, très joyeux, échangeant des blagues. Ils disent ce qu'ils vont faire du goupil :

– Pour l'instant, on le laisse tel quel. Mais cette nuit, quand on sera rentrés, on lui retournera la casaque[1] !

Ils prennent plaisir à bavarder, mais Renart ne s'émeut pas de leurs menaces. Cela le ferait plutôt rire. Il sait bien, ce damné vaurien, qu'entre dire et faire, il y a loin.

Il se couche à plat ventre sur les paniers et en ouvre un avec les dents. Autant le savoir : il en a retiré une bonne trentaine de harengs. Le panier se retrouve presque vide. Renart est un persévérant. De fait, il attaque un autre panier… Il y met le nez, fourrage dedans, et n'a de cesse d'en avoir tiré trois confortables rouets d'anguilles[2]…

1. On lui retournera la casaque ! : on le dépècera. **2.** Rouet d'anguilles : les anguilles étaient enfilés en collier sur de fines baguettes souples pour en faciliter le transport, c'est cette espèce de collier que l'on nomme « rouet ».

Renart-la-ruse-incarnée passe sa tête dans les colliers… Il déploie le butin sur son dos, de sorte qu'il est tout recouvert d'anguilles. D'une bonne détente des pattes, il s'élance, hop ! de la charrette, atterrit au milieu du chemin… Il a ses prises autour du cou. Il appelle les marchands. Il leur dit :

– Dieu vous garde, Messieurs-des-poissons ! Les anguilles que j'emmène sont les miennes ! Celles qui restent sont toutes à vous !

Les marchands sont frappés de la foudre en entendant cette apostrophe. Aux cris de « Bon sang, c'est le goupil ! », ils ne font qu'un saut dans la charrette où ils se figurent trouver Renart. Mais il est déjà loin, pensez !

– On l'a mal surveillé, à ce qu'il semble, dit l'un d'eux, après réflexion.

Tous deux se frappent du poing dans la paume.

– Hélas, hélas ! dit l'autre marchand, on perd gros dans cette aventure. Voilà ce que c'est de faire les malins ! Fallait-il qu'on soit bêtes tous les deux pour ne pas nous méfier de Renart !

– Ha, Renart ! font les deux marchands, vous êtes vraiment une sale engeance ! Puissent ces anguilles vous rendre malade !

– Messieurs, je n'ai pas le cœur aux disputes. Vous direz bien ce qui vous plaira. Moi je suis Renart qui se taira.

Les deux marchands lui courent après, mais ce n'est pas aujourd'hui qu'ils le prendront. Il a un cheval trop rapide.

Voilà donc Renart dans sa tour. Ses fils s'occupent très bien de lui. D'abord, ils lui frictionnent les jambes… Ensuite, ils écorchent les anguilles et les coupent en tronçons, comme il convient. Ils fabriquent des brochettes avec des branches de noisetier et y enfilent leurs ronds de poissons. Le feu est bientôt allumé. On a des bûches en quantité. Les deux frères, chacun d'un côté du foyer, soufflent sur le feu pour l'attiser. Puis, quand le bois a jeté sa flamme, qu'il ne reste qu'un lit de braises palpitantes, ils disposent dessus leurs anguilles, qui se mettent tout de suite à grésiller.

La tonsure de frère Loup

Ils sont donc là, tous les Renart, à cuire et rôtir les anguilles, quand monseigneur Loup entre en scène. Lui court partout depuis le matin, sans pouvoir attraper grand-chose.

Il est tout desséché à force de ne rien manger. Il a eu des temps difficiles. De loin, il voit fumer la cheminée de la cuisine. Ysengrin renifle la fumée. C'est une fumée inhabituelle. Il se met à froncer le nez et à se lécher les moustaches. Il se dirige vers une fenêtre pour voir ce qui se passe à l'intérieur. En même temps, son cerveau travaille. Comment faire pour entrer chez Renart ? Faut-il supplier ? Faire l'ami ? Ysengrin pousse un grand soupir. Il ne gagnera rien à jouer ce jeu-là. Renart n'est pas du genre qui écoute les prières.

Il finit par en venir à une résolution. Il suppliera son camarade de lui donner, s'il veut bien, et pour l'amour de Dieu, un peu ou beaucoup de nourriture.

Ysengrin appelle donc Renart par une fente dans la muraille.

– Messire mon compère, ouvrez-moi ! Je vous apporte de bonnes nouvelles. Vous les trouverez des plus plaisantes et pourrez en faire votre profit.

À sa voix, le goupil a parfaitement reconnu le loup. Mais il ne s'inquiète pas pour si peu, il fait franchement la sourde oreille. Le loup en est tout étonné, qui reste devant la porte, tout piteux, mourant de faim et d'envie de goûter aux anguilles.

– Ouvrez, beau sire ! recommence-t-il.

Renart se met à rire sans pitié :

– Qui êtes-vous ? demande-t-il.

– Eh bien, je sommes nous..., répond l'autre.

– Qui ça, « nous » ? reprend Renart, féroce.

– Eh bien, moi... votre vieux compère.

– Nous avons cru à un voleur...

– Je n'en suis pas un, ouvrez-moi donc !

Renart le rebute sans ménagement.

– Vous devrez attendre, répond-il, que les moines aient fini de manger. Ils s'attablent juste pour le repas.

– Comment donc ? fait le loup surpris. Des moines ? Il y aurait des moines chez vous ?

– En fait non : plutôt des chanoines. Je ne vous mens pas – Dieu m'est témoin ! Je suis entré en religion chez eux.

– Et que mangent-ils donc alors, vos moines ?

– Je vous le dirai sans aucun détour : ils n'en sont plus aux fromages mous, ils se régalent de ces poissons qu'on appelle des « longs cous ». C'est un manger fort délicat, que saint Benoît lui-même nous recommande. Il nous a d'ailleurs interdit les viandes de piètre qualité.

– Je n'étais pas au courant, dit le loup. On ne sait pas ces choses, en fait. Pourtant, il faut que vous m'hébergiez… Je ne sais où aller aujourd'hui…

– Vous héberger ? dit Renart. N'en parlons pas, c'est inutile. Nul, s'il n'est moine ou ermite, ne peut être hébergé ici. Allez voir plus loin. C'est tout ce qu'il vous reste à faire.

Ysengrin, à ces mots, comprend qu'il n'entrera pas chez Renart, de quelque façon qu'il s'y prenne. Que voulez-vous ? Il va s'y faire. Néanmoins, il pose la question :

– Le poisson, est-ce un mets délicat ?… Si vous pouviez au moins m'en donner un morceau ! Un petit bout… rien que pour goûter… Elles ont bien de la chance, ces anguilles, qu'on les pêche et qu'on les écorche pour avoir le grand honneur d'être mangées par vous !

Renart, ce roi des enjôleurs, attrape trois tronçons d'anguille en train de rôtir sur les charbons. Renart en mange un sur-le-champ et porte les autres au loup qui attend à la porte.

– Approchez-vous, mon camarade. Venez prendre cette pitance charitable que vous envoient ceux qui sont sûrs que vous serez moine un jour ou l'autre…

– Ma foi, dit Ysengrin, je ne sais pas encore ce que je serai, mais ça peut arriver, c'est possible… Pour ce qui est de la pitance, beau doux maître, donnez-la-moi sans plus attendre…

Renart la lui donne : il la prend. C'est une affaire vite expédiée. Il en mangerait encore volontiers, et beaucoup.

– Eh bien, dit Renart, que vous en semble ?

Le gourmand en frémit et tremble. Il est tout allumé de gourmandise.

– À coup sûr, fait-il, sire Renart, vous serez largement récompensé de votre bonté. Mais redonnez-moi donc rien qu'un tout petit morceau… C'est juste ce qu'il faut pour m'inciter à faire partie de votre ordre.

– Par vos bottes, s'exclame Renart (qui est vraiment d'une mauvaise engeance), si vous, vous vouliez être moine, je ferais de vous mon directeur de conscience !

– Mais aurai-je du poisson tant et plus, de quoi guérir ce mal de famine qui m'a délabré la santé ?

– Vous en aurez autant que vous pourrez en manger. Ha ! Il n'y a qu'une formalité : vous devez porter la tonsure. Il faut vous faire couper les cheveux, tailler la barbe et la raser.

Cela ne plaît guère à Ysengrin, qui commence par grogner un peu en entendant parler de rasage.

– Mais enfin bon, mon camarade, si on ne peut pas faire autrement... Rasez-moi donc sans perdre de temps !

Renart répond :

– On va faire vite. Vous aurez une tonsure grande et large... Il faut juste attendre que l'eau chauffe...

Maintenant écoutez un peu : je vais vous dire une bonne bouffonnerie. Renart met de l'eau sur le feu. Puis il revient dans la pièce de devant et demande au loup de mettre sa tête dans la fente à côté de la porte. Ysengrin allonge le cou. Renart, qui l'a toujours pris pour un parfait imbécile, lui jette alors son eau bouillante sur l'arrière du crâne ! Ysengrin échaudé secoue la tête... Il retrousse les babines... Houlàlà ! Il rechigne, se dégage à reculons, criant :

– Renart, Renart ! Je suis mort ! Je voudrais bien qu'aujourd'hui il vous arrive malheur ! Je n'avais pas besoin d'une tonsure aussi grande !

– Rassurez-vous. Vous n'êtes pas le seul. Tout le couvent en a une comme ça.

– Je crois que tu mens, dit Ysengrin.

– Bah... non, messire, ne vous déplaise. Mais

il faut que cette première nuit vous subissiez quelques épreuves… C'est la loi de notre saint ordre.

Ysengrin dit :

– Je ferai avec plaisir tout ce qu'on doit à l'Ordre. Là-dessus, vous n'aurez jamais à vous méfier de moi.

Renart reçoit du loup l'assurance qu'il ne lui créera aucun ennui, mais fera, au contraire, tout pour le satisfaire. Puis il s'éclipse par un passage qu'il avait fait derrière la porte.

Dehors, il va tout droit au loup, et le trouve tout lamentable, gémissant qu'on l'a tonsuré de beaucoup trop près à son goût ! Il ne lui reste ni peau ni poil. Il faut pourtant se mettre en route. Sans plus rien dire, sans plus tarder, tous deux s'éloignent du château. Renart marche devant, l'autre le suit. Ils font tant et si bien qu'ils arrivent près d'un étang de pêche.

Frère Loup pêche à la queue trempée

C'était un peu avant Noël, quand on met le lard dans le saloir. Le ciel était clair et étoilé. L'étang où le loup devait pêcher était complètement gelé : on aurait pu danser dessus – un véritable parquet de bal. Toutefois, cette piste était percée : il y avait un trou dans la glace, que les paysans avaient fait pour servir d'abreuvoir. Chaque soir, à la tombée de la nuit, ils amenaient là leurs troupeaux, pour que les bêtes boivent et s'ébattent. Ils avaient même laissé un seau. Le goupil marche au trou dare-dare et se retourne vers son compère :

– Messire, venez voir un peu par là. C'est ici notre grande réserve, c'est ici qu'il y a les poissons, et voilà l'engin de pêche dont on se sert pour les prendre : anguilles, barbeaux, et d'autres encore, tous tant qu'ils sont fort bons, fort beaux.

– Frère Renart, dit Ysengrin, prenez donc l'engin par un bout, et attachez-le-moi bien à la queue, s'il vous plaît.

Renart attrape le seau et l'attache du mieux qu'il peut à la queue de son camarade.

– Frère, maintenant, tenez-vous sagement, pour laisser venir les poissons.

Là-dessus, il se rue vers un buisson, et s'installe, le nez entre les pattes, pour voir ce que va faire le loup.

Notre Ysengrin est sur la glace. L'eau du trou commence à geler. La glace se resserre autour du seau qu'on a attaché à la queue. La queue gèle dans l'eau, et s'y retrouve scellée de belle manière. Le loup, s'apercevant de la chose, commence à vouloir se dégager... Il se figure qu'il pourra soulever le seau, le tirer à lui... Il s'y essaie, en vain, de diverses manières... Il ne sait pas quoi faire, il s'inquiète. Quand il voit que l'aube pointe et qu'il va se retrouver bien en vue sur la glace, il se met à appeler Renart.

Renart a relevé la tête. Il ouvre grands les yeux, regarde autour de lui.

– Frère, dit-il, assez travaillé ! Allons-nous-en, beau doux ami ! On a pris du poisson en masse !

Ysengrin pousse un cri de désespoir :

– Renart, Renart ! Il y en a trop ! J'en ai pris tant que je ne sais que dire !

Renart se met à lui rire au nez.

– Voilà ce que c'est que d'avoir les yeux plus gros que le ventre. Quand on en veut trop, on perd tout ! lui jette-t-il avec insolence.

La nuit s'achève, l'aube pointe. Le soleil du matin monte dans le ciel. Les chemins du pays sont blancs de neige. Messire Constant des Granges, un vavasseur[1] fort à son aise qui habite en haut de l'étang, vient de se lever avec les siens. Constant a pris sa corne de chasse… Il appelle ses chiens, commande qu'on selle son cheval. La troupe pousse de grandes clameurs. Renart entend les cris… houlà ! Il ne fait ni une ni deux : il s'enfuit… Décampe pour retourner chez lui… Court jusqu'à sa tanière où il se précipite…

Le loup est resté dans le pétrin. Il fait de grands efforts, tire, tire. Peu s'en faut que sa peau ne s'arrache. Il comprend que s'il veut déguerpir, il va falloir qu'il laisse sa queue…

Pendant qu'il est là à se démener, voilà qu'arrive un valet de chiens qui tient deux lévriers en laisse. L'homme voit le loup et fonce sur lui. Il se demande quelle est cette bête qui a l'air prise dans la glace et montre un drôle de crâne pelé… Il voit mieux à mesure qu'il s'approche… Soudain, il reconnaît l'animal et se met à pousser de grands cris :

1. Vavasseur : petit vassal.

– Holà ! C'est le loup ! À la rescousse !

Ces cris alertent les chasseurs. Ils s'élancent hors de la maison, avec leurs chiens, par la barrière… Ysengrin n'est pas à son aise : maître Constant suit les chasseurs sur son cheval au triple galop. Il s'époumone :

– Allez ! Laissez les chiens aller !

Les valets de chiens découplent leurs bêtes, les braques s'accrochent avec le loup, qui se hérisse tant qu'il peut. Le chasseur excite les chiens de la voix, il les encourage sans répit. Ysengrin se défend bien. Il mord à belles dents – que faire de mieux ? Il préférerait, de loin, qu'on lui fiche la paix.

Maître Constant a tiré l'épée. Il s'apprête à frapper dans les règles. Il met pied à terre devant l'étang et marche au loup sur la glace. Il veut frapper mais, manque de chance, l'attaque échoue, le coup porte à faux, Constant glisse… tombe à la renverse… Il se blesse au crâne… le sang paraît…

Constant se remet debout à grand-peine. Furieux, il retourne à l'assaut… Je vous raconte là une fière bataille ! Il croit frapper le loup à la tête, mais le coup porte au mauvais endroit : la lame glisse, descend vers la queue, qu'elle a coupée à ras du rond.

Du beau travail : succès total ! Ysengrin a bien senti le coup… Il fait un saut de côté, s'enfuit…

Les chiens se lancent à ses trousses… Ils lui viennent aux fesses sans arrêt. Il riposte à grands coups de crocs. Il les mord tous, l'un après l'autre.

Mais sa queue est restée en gage. C'est cela qui l'accable le plus. Il n'a plus le choix : il bat en retraite, et fuit jusqu'à ce qu'il trouve un tertre où se réfugier. Les chiens le mordent encore plusieurs fois. Il continue de bien se défendre. Arrivés en haut de la butte, les chiens, fourbus, lâchent la poursuite.

Le loup ne s'attarde pas pour autant. Il s'enfuit, toujours sur ses gardes, regardant à droite, regardant à gauche, droit vers le bois, à toute allure… Une fois là :

– Je jure, dit-il, que je me vengerai de Renart !

Renart ne sera plus jamais son ami.

Renart et Ysengrin dans le puits

Maintenant, il faut que je vous raconte quelque chose qui puisse vous faire rire. Je sais bien que vous vous moquez des sermons, et que vous bâillez quand on vous raconte les merveilles de la vie des saints. Tout cela ne vous fait guère envie : il vous faut des choses qui vous plaisent. Alors, taisez-vous, tout le monde ! Je me sens en veine pour les histoires, et Dieu qui me guide sait que j'en connais ! Plus long prologue serait inutile. Je vous raconterai, sans plus attendre, un nouvel épisode, un seul, mais celui-là spécialement bouffon, des aventures du roi de la ruse : Renart, c'est de lui qu'il s'agit, mais vous aviez deviné, je pense, vous connaissez le personnage, vous savez sa réputation.

Je vous dirai donc la mésaventure dont notre héros fut victime, et le grand dépit qu'il en eut. Cela se passait il y a peu de temps. Renart était allé chercher de la nourriture loin de ses terrains de chasse habituels.

Et cependant, tandis qu'il trotte, la tête dans le cou, le nez rasant le sol, il aperçoit dans un enclos, juste à côté d'un champ d'avoine, une abbaye et une ferme à proximité. Bon endroit où faire un assaut !

La ferme est soigneusement construite. Les murailles sont de pierre brune, et solides ! je ne vous mens pas. On les a bordées tout le tour d'un fossé à haut parapet. De la sorte, il n'y a âme qui vive qui puisse venir voler quoi que ce soit dans le domaine, tant il est bien enclos et bien barricadé.

Renart tourne donc ses pas vers la ferme, sautillant au milieu du chemin, tant il bout de monter à l'assaut. Il s'arrête au fossé. Il court et court encore tout autour de la ferme, sans trouver le moindre pont, la moindre planche, le moindre passage, la moindre ouverture : il en est tout découragé. Il s'accroupit alors devant la porte principale, et constate que le portillon est entrouvert... Il pousse de la patte, délicatement... De ce côté, la voie est libre, le passage entièrement dégagé... Il s'avance donc, franchit l'obstacle... Voilà Renart dans l'enceinte – ayant très peur qu'on le surprenne. Il marche aux poules, l'oreille tendue... Tout de suite, il en repère trois juchées dans la paille sur une perche...

Renart poursuit les poules là où elles fuient et, les prenant l'une après l'autre dans le coin où elles se sont tapies, il les étrangle toutes les trois sans autre forme de procès.

Deux d'entre elles, il les mange tout de suite, en faisant claquer ses mâchoires. La troisième fera son souper. Il l'emportera pour la faire cuire.

Notre roi des menteurs est tout aise. Il se sent mieux depuis qu'il a mangé. Il sort de la grange par une barrière, portant la troisième poule sous le bras, et c'est juste au moment où il arrive à la porte d'enceinte qu'il se sent pris tout à coup d'une terrible envie de boire.

Il y a un puits au milieu de la cour. Renart, l'ayant vu, s'y précipite, ne pensant plus qu'à éteindre la soif qui le dévore. Mais ce n'est pas le tout de trouver un puits, il faut encore y puiser de l'eau.

Messeigneurs, écoutez, et soyez dans l'admiration. Dans ce puits, il y a deux seaux, qui ne sont pas des seaux ordinaires… On les a accouplés en un système de bascule : quand l'un monte, l'autre descend. Renart, le grand malfaiteur, s'est accoudé à la margelle… Désorienté, grincheux, il commence à regarder dans le puits et à lorgner son reflet dans l'eau. Il regarde, il regarde, et… Dieu ! qui peut savoir parfois ce qui nous passe par la tête ? N'en vient-il pas à se figurer qu'il y a quelqu'un au fond du puits, et que ce quelqu'un c'est Hermeline, sa chère épouse, son amour tendre ? Oui, c'est elle, installée au fond, comme chez elle, comme dans sa maison !... Cela lui donne un coup au cœur. Il ne comprend plus rien du tout, la tristesse l'inonde comme une mer. Mal à l'aise, il demande en faisant la grosse voix :

– Dis-moi, qu'est-ce que tu fais là-dedans ?

Sa voix remonte du fond du puits. Renart l'entend : il dresse le front... Il appelle sa femme de nouveau... Et la voix de nouveau remonte. Abasourdi de ce qu'il entend, Renart met ses pieds dans le seau le plus proche, la bascule se déclenche, allez donc ! Avant de comprendre ce qui lui arrive, le voilà qui dévale dans le puits, jusqu'au fond... C'est ce qui s'appelle un coup de malchance ! Il ne s'aperçoit de son erreur qu'une fois que son seau a touché l'eau.

Notre héros est dans de beaux draps ! Accroché des griffes à une pierre qui fait saillie dans la paroi, il se dit qu'il aimerait mieux être mort, cloué pour de bon dans son cercueil. Il se prend pour un parfait crétin. Toute sa raison, tout son bon sens ne valent pas deux boutons de culotte.

Messeigneurs, écoutez encore ! Il arriva qu'à ce moment-là, cette nuit-là, vers cette même heure, Ysengrin le loup, que la faim pressait, sortit résolument de ses landes pour aller chercher de quoi manger. Son ventre vide le mettait d'une humeur de dogue. Se retrouvant par aventure devant le domaine des moines blancs, il piqua dessus sans attendre, comme un furieux, au grand galop.

La ferme toute proche lui tira l'œil, avec son guichet entrouvert… Il se mit au trot, passa en trombe devant les bâtiments de l'abbaye, et ne s'arrêta qu'une fois entré dans l'exploitation agricole…

Et voyez-vous comment cela se trouve ! Il met pied à terre devant le puits où Renart le roux prend ses aises. Le loup, on l'a dit, est « de mauvais poil ». Ce puits, Dieu sait pourquoi, l'agace, il vient se pencher sur la margelle… Il commence à regarder dans le puits et à lorgner son reflet, au fond…

Il regarde et regarde encore, de plus en plus fasciné. Et c'est la même histoire que tout à l'heure qui recommence. Voilà mon loup victime de la même illusion que le goupil. Contemplant son reflet dans l'eau, voilà qu'il croit qu'il voit sa femme, que c'est Hersent qui se trouve dans le puits où elle a élu domicile… Pire que tout, Renart est là pour lui tenir compagnie ! Sachez que rien au monde ne peut déplaire davantage au loup !

–Vraiment, dit-il alors, vraiment je suis traité en dernier des derniers ! Vilipendé, couvert de honte, et tout ça à cause de ma femme que Renart le roux a enlevée pour l'entraîner avec lui dans le puits.

Il se met à hurler de toutes ses forces, à l'adresse de son ombre, dans le puits :

– Qui es-tu, toi là-bas au fond ?

Pendant qu'Ysengrin se lamente, Renart a soin de se tenir coi. Il laisse l'autre hurler tout son soûl, puis il entreprend de répondre :

– Mon Dieu, qui est-ce donc qui m'appelle ?

– Qui es-tu ? demande Ysengrin.

– Eh bien, c'est moi, votre bon voisin, qui fus jadis votre compère. Vous m'aimiez plus que votre frère. Désormais, on m'appelle « feu Renart, qui savait tant de ruses et d'arts ».

– Ah ! cela me soulage, dit Ysengrin. Mais, Renart, dis-moi donc, depuis quand es-tu mort ?

– Depuis avant-hier, répond le goupil. Maintenant, mon âme attend le Seigneur, qui l'a délivrée de ses épreuves. Et je vous prie, beau doux compère, de me pardonner toutes les fautes que j'ai commises envers vous naguère... Je vous ai souvent mis en colère !

– Accordé ! dit Ysengrin. Que tout cela vous soit pardonné ici dans ce monde, et devant Dieu. Mais je suis bien triste de votre mort.

– Moi, j'en suis joyeux, rétorque Renart.

– Tu serais joyeux d'être mort ? Mon beau cousin, explique-moi pourquoi.

– Cousin, j'ai tout ce que je veux ! Le pays regorge de richesses... On voit du bétail à foison, chèvres, brebis et bêtes à cornes... On peut voir profusion de lièvres, de bœufs, de vaches et de moutons...

Ysengrin jure par saint Sylvestre qu'il se verrait bien dans ce pays-là. Mais Renart :

– Laisse tomber, beau doux ami ! Tu ne peux pas entrer ici. Le paradis se trouve au ciel, mais tout le monde n'y a pas sa place ! Tu as toujours été menteur, méchant, perfide, traître, embrouilleur… Tu m'as soupçonné des pires choses à propos de ta femme ! Par Dieu et sa toute-puissance, jamais je ne commis envers elle la plus petite inconvenance.

– Je vous crois là-dessus, dit Ysengrin, et je vous pardonne tout de bonne foi. Mais, de grâce, faites-moi entrer au ciel…

– Oubliez ça ! dit Renart. Tenez ! Vous voyez cette balance ?

Messeigneurs, écoutez maintenant, et soyez dans l'admiration ! De son doigt, Renart montre le seau. Il fait croire au pauvre Ysengrin que les deux seaux sont les plateaux de la balance à peser le bien et le mal.

– Sache bien que la balance est infaillible : quand le bien est assez pesant, il dévale ici jusqu'au fond, et tout le mal reste là-haut, en panne ! Mais je te le dis et je te le répète : impossible, en aucune façon, de descendre ici sans confession ! As-tu confessé tes péchés ?

– Oui, répond le loup. Mon compère, le plus vite possible, faites-moi entrer au paradis !

Ysengrin s'efforce d'attirer le seau vers la margelle… Il joint les pieds, saute dedans… Étant le plus lourd des deux, il se met aussitôt à descendre.

Maintenant, écoutez-moi ce dialogue ! Loup et goupil sont tous deux dans le puits, ils se sont croisés à mi-hauteur. Le loup, surpris, interpelle l'autre :

– Compère, dis, pourquoi t'en vas-tu ?

Renart répond du tac au tac :

– Ne fais pas cette tête-là ! Je vais t'expliquer la coutume. Quand l'un s'en vient, l'autre s'en va. C'est ainsi que les choses se règlent. Je vais au paradis là-haut, et tu vas en enfer en bas. Moi, j'ai pu échapper au diable, toi tu t'en vas chez ses suppôts. Par Dieu, le père spirituel, c'est là, en bas, que vivent les démons !

Messeigneurs, écoutez maintenant pourquoi les moines blancs de l'abbaye se retrouvaient patraques et sans force. Ils avaient eu à leur souper des fèves trop salées, indigestes, et leurs serviteurs paresseux les laissaient manquer d'eau… Toutefois il arriva ceci, que le cuisinier de ces messieurs réussit à reprendre le dessus et put enfin se tirer du lit. Au matin, il s'en vint au puits, menant avec lui un âne d'Espagne et jusqu'à trois bons compagnons. Tous quatre arrivent au grand trot et attellent l'âne à la poulie… La bête se met à tirer de toutes ses forces. La chaîne du seau ne

bouge pas d'un cran… Les moines y vont de la menace… L'âne s'évertue, tire tant qu'il peut.

Le loup, pour son plus grand malheur, se trouvait au fond, suspendu dans l'incertitude… Il aurait voulu se faire tout petit… Il se coulait, se roulait dans le seau, tâchant de s'y cacher le mieux possible… Mais il était lourd, ce pauvre loup ! L'âne n'en pouvait plus de le tirer. Cependant un des moines s'est affalé sur la margelle… Se couchant presque sur le puits, il commence à regarder dedans… Il avise Ysengrin au fond. Il dit aux autres :

– Que faites-vous là ? Par Dieu le Père, vous êtes en train de tirer un loup !

Voilà toute l'équipe en émoi, et détalant vers la maison ! Mais ce ne sont pas des enfants de chœur : ils ont eu la présence d'esprit de bloquer la poulie avant de fuir.

Ysengrin souffre mille angoisses. Les frères appellent leurs serviteurs. S'il reste là, dans peu de temps, le loup en verra de toutes les couleurs.

Tout le monde s'arme, tout le monde s'équipe. Tous sortent du bâtiment, et s'apprêtent à donner de bons coups. Ils remettent à tirer l'âne qui est là sur place. Ils prêtent vigoureusement la main à la manœuvre. Le seau atteint la margelle. Ysengrin n'attend pas la trêve… Il s'échappe d'un très joli saut.

Les mâtins se lancent à ses trousses. Ils le happent à l'épaule, et gnak ! ils lui plantent leurs crocs dans les pattes. Ils lui déchirent le pelage. Des touffes de poils voltigent en l'air. C'est fini pour le loup. Les moines le tiennent, ils l'ont coincé, ils se mettent à le battre comme plâtre. Ysengrin, fou de douleur et de colère, se couche sur le bord du chemin… Il ne bouge plus, il fait le mort.

Chaque moine a repris son bout de bois ; tous s'en retournent au monastère. Le loup voit qu'il n'y a plus personne. Il a eu son compte de tourments. Il s'enfuit, souffrant mille morts, car il a la croupe écrasée. À grand-peine il parvient à gagner un taillis mais ses reins sont tellement meurtris qu'il n'arrive pas à récupérer…

Alors le pauvre Ysengrin retourne dans sa tanière. Il appelle des médecins, il les envoie chercher… Ceux-ci se sont bien occupés de lui. Ils se sont mis pour lui en quête de victuailles… Tant et si bien que le loup a recouvré ses forces. Il est guéri. Que maître Renart essaie de revenir ! Qu'il ose sortir de ses frontières et qu'on le prenne à rôder aux abords des domaines du loup ! Ysengrin a retrouvé son mordant et sachez qu'il saura le punir.

La croix de Sainte-Andouille

Renart, vous le savez tous, c'est la ruse incarnée. Cela ne l'empêche pas pour autant d'avoir souvent l'estomac vide. Un jour donc qu'il avait jeûné plus dur qu'à l'ordinaire, il prit sa course, bâillant de faim. Et voici ce qui arriva. Tandis qu'il courait les sentiers, il rencontra Tibert le chat.

Renart, à la vue du félin félon, frémit tout entier de désir. Il meurt d'envie de le manger. Ce serait une façon de se venger – Renart n'oublie pas que l'autre l'a poussé dans le « piège à broyer[1] ». Mais il ne faut faire semblant de rien. Faire comme si on ne lui voulait que du bien… Cela pesé et décidé, notre goupil s'adresse au chat :

– Tibert ! Quel bon vent vous amène ?

Tibert décampe tout aussitôt.

1. « Piège à broyer » : voir l'épisode « Renart et Tibert le chat », p. 25 et 27.

– Allons, Tibert, reprend Renart, ne fuyez pas, n'ayez pas peur ! Souvenez-vous de ce qu'on a juré – notre serment de fidélité !

Tibert fait volte-face et s'arrête. Il tourne la tête vers Renart et se met en devoir d'aiguiser vivement ses griffes. Il semble bien qu'il se prépare à se défendre tant qu'il pourra.

Mais Renart, qui bâille de faim, n'a guère envie de se colleter. Il a combiné tout autre chose.

Tous deux s'en vont par un sentier, aussi mal en point l'un que l'autre. La faim les oppresse tellement qu'ils sentent leur cœur qui se décroche. Toutefois, par le plus beau des hasards près du chemin, dans un labour, voilà qu'ils trouvent une grosse andouille qui semble là pour les attendre… Renart s'en est saisi le premier, et le chat derrière lui s'exclame :

– C'est le Ciel lui-même qui nous l'envoie ! Renart, beau compagnon, part à deux, j'ai droit à l'andouille !

– Pourquoi dire cela ? répond Renart. Quelqu'un veut-il prendre votre morceau ? Ne vous ai-je pas juré ma foi ?

Tibert le chat a peu confiance dans tout ce que Renart peut jurer.

– Compagnon, dit-il, mangeons-la !

– Houlà ! dit Renart. Pas question ! Si nous nous arrêtions ici, nous ne nous sentirions pas tranquilles... Il faut que nous l'emportions plus loin.

– D'accord, dit Tibert, voyant bien qu'il n'a pas le choix.

Renart est maître de l'andouille. Il la prend dans les dents par le milieu, laissant pendre les bouts de chaque côté de sa gueule.

Ce spectacle consterne le chat. Il a du mal à supporter de voir l'autre emporter leur trouvaille.

– Il y a quelque chose qui ne va pas, dit-il en faisant un pas vers lui. Comment portez-vous cette andouille ? Vous la traînez dans la poussière, vous bavez dessus en la mordant. Le cœur me chavire rien que de voir ça. Moi je la porterais autrement.

– Ah ? dit Renart. Vous feriez comment ?

– Amenez-la-moi, je vous montrerai. C'est bien normal que je vous soulage, puisque vous l'avez vue le premier.

Renart ne cherche pas à décliner l'offre, car un plan se forme dans son esprit. Il se dit que plus Tibert sera chargé, moins il aura de chances de se défendre, et plus vite on en viendra à bout. En foi de quoi il lui donne l'andouille.

La joie de Tibert n'est pas mince. Il prend l'andouille délicatement, en met un des bouts dans sa bouche puis commence à la balancer et d'un coup, hop ! se la jette sur le dos, d'un mouvement bien étudié. Alors il se retourne vers Renart :

– Si vous m'en croyez, compagnon, nous irons jusqu'à ce tertre où j'aperçois une croix plantée… C'est là qu'on doit manger l'andouille. Là-bas nous n'aurons rien à craindre, car nous verrons venir de partout ceux qui voudraient nous faire du mal.

Voilà que le chat prend le galop, et part sur le chemin jusqu'à la croix en haut du tertre. Renart se met dans une colère noire quand il comprend la manœuvre.

– Holà ! crie-t-il à plein gosier. Compagnon, attendez-moi donc !

– Renart, dit le chat, ne craignez rien. Mais suivez-moi à coups d'éperons.

Le chat n'est pas un apprenti. Il s'agrippe à pleines griffes à la croix, monte au sommet à toute vitesse, et s'installe sur un des bras.

Renart en reste interloqué. Il comprend, sans l'ombre d'un doute, que l'autre s'est moqué de lui.

– Tibert, que va-t-il se passer maintenant ?

– Rien que des bonnes choses, dit le chat. Venez donc là-haut : nous mangerons.

– J'aurais bien du mal, rétorque Renart. Faites-moi une faveur, mon ami : jetez-moi ma part ici en bas – ainsi vous tiendrez votre promesse.

– Enfin, Renart, qu'est-ce que vous dites ? On dirait que vous avez bu ! Je ne ferais pas cela pour cent livres d'argent. Vous devriez pourtant bien savoir ce que cette andouille peut représenter. C'est une chose sainte, un mets sacré qui ne doit être dégusté qu'en haut d'une croix ou d'une église. On doit lui témoigner tout le respect qu'elle mérite.

– Beau sire, ne vous faites pas de souci. Il y a très peu de place là-haut. Nous n'y pourrions pas tenir ensemble. Si vous ne voulez pas être parjure, partagez l'andouille sur la croix, et jetez-moi ma part en bas. Je prendrai le péché sur moi.

– Par ma foi, je ne le ferai pas. Compagnon Renart, vous m'étonnez ! Vous me demandez de lancer, comme un vulgaire paquet, un objet qu'il ne faut pas profaner. Je vous propose donc un arrangement. Pour cette fois, faites une croix sur votre gourmandise : je vous promets que vous aurez en retour la prochaine andouille que nous trouverons. Elle sera à vous, sans partage. Vous ne m'en donnerez pas le plus petit bout.

Tibert clôt là la discussion et se met à manger l'andouille. Renart n'en peut plus de ce spectacle. Sa vue se trouble, ses yeux se mouillent.

– Pour l'heure, je suis à bout de ressources, mais il faudra bien que tu descendes. À tout le moins quand tu auras soif. Et je serai là quand tu descendras.

– Vous ne savez pas, dit Tibert, à quel point il est clair que Dieu m'aime et veut me soutenir. Près de moi, dans la croix, il y a un creux, une cuvette. Il a plu récemment et le trou est plein d'eau : j'y puiserai pour boire.

– Eau ou pas eau, répond Renart, vous viendrez en bas tôt ou tard.

– Pas avant longtemps, dit Tibert.

– Je vous attendrai, réplique Renart.

Tibert se remet à manger. Renart le regarde faire, tout frémissant, écumant de rage et de désir. Pendant qu'il souffre un tel martyre, voilà qu'un bruit l'alerte, au loin… C'est l'aboi d'un chien sur sa trace… Il faut tout de suite qu'il quitte la place, s'il ne veut pas y laisser sa peau. Renart lève le nez vers le chat :

– Tibert, qu'est-ce que j'entends ?

– C'est toute une procession qui s'en vient par ici, dit le chat, pour prier devant cette croix… Il faut que vous restiez là, mon cher, pour participer aux prières… N'avez-vous point, jadis, été prêtre vous-même ?

Mais Renart n'est pas très rassuré. Il opte sans plus tarder pour la fuite à bride abattue.

Les chiens, qui l'ont aperçu, se lancent à sa poursuite. Bien inutilement, d'ailleurs : Renart connaît trop bien le pays, jamais personne ne pourra le prendre. Il se tire d'affaire sans une morsure. Mais il couvre Tibert de menaces, jure qu'il se battra avec lui si leurs chemins se croisent de nouveau. La guerre a éclaté entre eux. Renart ne veut plus ni paix ni trêve.

Premières friponneries de frère Primaut

Je dois maintenant vous parler d'autre chose : d'un prêtre qui traversait une plaine, une boîte pleine d'hosties[1] sur lui. Ce prêtre eut à franchir une haie qui se trouvait sur son passage… Il s'y prit avec quelque peine et on ne sait pas comment cela se fit, mais il perdit, sans s'en rendre compte, la boîte qui contenait ses hosties.

Renart, qui rôde dans les parages, trouve la boîte et s'enfuit avec. En cachette, sans rien dire à personne, il l'ouvre et mange ce qu'elle contient : toutes les hosties sauf deux de belle taille, qu'il emporte pour son casse-croûte.

Il court le plus vite qu'il peut, et le jeu l'amuse fort. Il tient les hosties dans sa gueule, pliées en deux comme des crêpes.

1. Hostie : rondelle de pain non levé, blanche et très mince, dont les prêtres se servent pendant la messe.

Au sommet d'une haute colline, il rencontre le loup Primaut, qui est le frère d'Ysengrin et s'en vient au triple galop, courant la route avec ardeur. Avisant Renart, le loup le salue :

– Renart, soyez le bienvenu !

– Ho ! Primaut ! Que Dieu vous bénisse ! Je vous souhaite une bonne journée ! Mais d'où venez-vous en si grande hâte ?

– À la chasse, comme vous le devinez. C'est pour manger que je dois trotter. Mais qu'est-ce donc que vous emportez ?

– Ma foi, fait Renart, ce sont des gâteaux : gâteaux d'église, bons et beaux.

– Donnez-les-moi, cher bel ami...

– Ma foi, répète Renart, bien volontiers.

Renart lui donne les deux hosties et le loup Primaut les mange.

– Renart, fait-il, que Dieu te protège ! Ces gâteaux, où les as-tu pris ? En as-tu d'autres à me proposer ?

– Nenni, répond Renart, c'est tout ce que j'ai. Mais viens-t'en : nous irons à l'église... Il y reste encore plein de gâteaux...

– Renart, fait l'autre, tu m'as remis sur pied !

Ils prennent leur chemin tous les deux, Renart et Primaut, la joie au cœur, jusqu'à ce qu'ils aient atteint l'église. Jouant des pieds, jouant des mains, Renart et le loup, sous la pierre du seuil, creusent un souterrain… Et c'est ainsi, sans trop d'efforts, qu'ils parviennent à se glisser dans l'église. Ils passent tout de suite derrière l'autel, ouvrent une armoire – la seule du lieu. Ils y trouvent beaucoup d'hosties, enveloppées dans une belle serviette.

Bâillant de faim à n'en plus finir, le loup n'hésite pas devant la trouvaille. Il dévore et grogne en même temps – on croirait un porc dans son auge. Il a tôt fait de tout liquider.

– Beau travail ! fait-il à Renart. Tu as contenté mes désirs. Mais ces gâteaux ne rassasient pas. Je pourrais en manger jusqu'à demain, je crois que j'aurais toujours aussi faim. Mais je vois une huche[1] là-bas… Peut-être qu'il y a dedans quelque chose que nous trouverions bon à manger. Allons la casser sans attendre.

– Allons-y, dit Renart, de par Dieu ! Voilà qui me convient parfaitement.

Ils vont donc à la huche. Primaut, qui est le plus adroit des deux, la tire à lui et s'y attaque… La huche est aussitôt ouverte. Dedans, le prêtre avait caché pain, viande et vin en abondance.

– Renart, dit alors Primaut, nous avons maintenant, Dieu merci ! de la nourriture à profusion. Mangeons donc toutes ces bonnes choses que nous devons à la bonté de Dieu.

1. Huche : grand coffre de bois, rectangulaire, dans lequel on range le pain.

Ils se servent largement, ce me semble, prennent pain, vin, viande, à profusion.

Mais le goupil, tout bas pour que l'autre ne l'entende pas :

« Pour l'heure, Loup, tu es à la fête, mais, que Dieu aie pitié de moi ! Je manquerais singulièrement d'adresse, si je ne t'en faisais pas mordre les doigts ! »

– Primaut, fait-il, j'ai grand plaisir à savoir que vous vous êtes régalé. Mais versez-vous de ce vin. Buvez.

Primaut boit, l'autre lui sert du vin. Ce n'est pas pour rien qu'il s'est placé à côté du tonneau. Le loup entonne de rudes rasades. Renart lui force la main sans cesse, comme si c'était jour de kermesse. Bref, le loup boit à l'excès, et le vin lui monte à la tête :

– Renart, fait-il d'une voix pâteuse, Renart, avez-vous vu ce miracle ? Avez-vous vu comme Dieu nous a conduits ici ? Mais, par mes yeux ! écoutez-moi. Je veux aller sans plus tarder chanter la messe à cet autel.

– Halte-là, Primaut, bel ami ! Vous ne devez pas faire les choses comme cela. Avant, vous devez sonner les cloches, car nul ne peut chanter les vêpres avant qu'elles ne soient carillonnées…

– Sur ma tête ! vous avez bien dit ! Je les sonnerai comme vous demandez, et puis après, j'irai chanter…

Le loup fait le plus vite qu'il peut. Il se précipite sous les cloches de toute la vitesse de ses pattes… Il attrape les cordes dans l'élan, et se met à sonner comme un fou… Seigneur Dieu, quelle belle bouffonnerie ! Renart en étouffe un rire dans le pan de son vêtement. Puis il dit très sérieusement :

– Laissez tomber : c'est trop sonné.

– Comme vous voudrez, répond Primaut. Je suis très heureux de vous faire plaisir.

Le dernier tintement résonne encore dans la cage de bois du clocher, que mon Primaut est déjà à l'autre bout de l'église, en train de monter à l'autel… Là, il se met en devoir d'endosser la panoplie sacerdotale.

Renart en profite pour battre en retraite. Tournant les talons vers la porte, il ressort par le passage qu'ils avaient creusé pour entrer. Le souterrain est de belle taille. Renart pourtant le comble vite en rapportant la terre qu'ils avaient dégagée.

Primaut le loup, lui, reste dans l'église… La tête perdue, devant l'autel, il n'a souci que de chanter… Il braille horriblement, crie et hurle. Le prêtre, que les cloches ont déjà réveillé, s'alarme à cette voix dans le silence de la nuit… C'est un homme de décision. En moins de temps qu'il ne faut pour le dire, il a pris la clé de l'église et empoigné un grand levier… Et le voilà qui sort de chez lui et pique droit vers l'édifice.

Il y a un trou dans la muraille. Le prêtre vient y coller son œil et voit Primaut en train de chanter. Ses yeux sont bons et sa vue nette : il n'a pas de mal à reconnaître qui est le sinistre chanteur nocturne. Il se décolle du mur d'un bond et le voilà dans les rues qui galope, criant de toute la force de ses poumons :

– Messieurs, messieurs, vite, messieurs ! Le loup est caché dans l'église !…

Vraiment, vous auriez dû voir cela !… Quel branle-bas ! Quel rassemblement ! Quelle ruée de vilains vers l'église… Chacun porte masse ou bâton, et tout ce monde crie des menaces.

Primaut a entendu le vacarme. Tout étonné de ce qui arrive, il décampe sans demander son reste, court au passage creusé qu'il découvre comblé, plein de terre… Il revient à l'autel, tout perdu, enlève l'aube et la chasuble, tourne de droite, vire de gauche et, ne sachant que devenir, finit par retourner dans le milieu de l'église. Là l'attend de pied ferme le prêtre armé de son levier. L'homme se rue à ses trousses et le frappe de son engin… Le choc met Primaut hors de lui. Comme enragé, bavant de l'écume, il se retourne contre le prêtre et il l'aurait dévoré cru si l'homme avait été tout seul. Mais les vilains se mettent en travers. Ils harcèlent le loup, ils le huent, ils le frappent… Peu s'en faut qu'ils ne lui cassent les os…

Primaut voit qu'il ne tiendra pas. Sa survie semble compromise. Toujours harcelé par la meute, il repère finalement sous la voûte, à bien dix pieds et demi du sol, une fenêtre qui n'a ni vitre, ni grillage. Fou de rage et de douleur il bondit… passe la fenêtre de justesse, manquant de peu de se casser le cou.

Sa joie quand il se retrouve dehors ! Il fuit vers le bois, tête baissée… Là : surprise ! À quelques pas au-delà des lisières, à peine dans l'épaisseur du bois, il tombe sur Renart, son vieux complice, « Renart qui sait tant de ruses et d'arts »…

Primaut lui demande immédiatement :

– Eh bien, Renart, d'où diable sors-tu ? Pourquoi m'as-tu laissé enfermé dans l'église ? J'ai trouvé le passage barré… C'est toi qui l'as comblé, je crois.

Mais Renart :

– Par ma foi ! ce n'est pas moi qui ai fait ce coup-là. C'est le prêtre : il t'avait entendu… Je l'ai vu reboucher le trou avec la terre entassée au-dessus.

– Je te crois sur parole, dit Primaut. Mais je me meurs de faim ici. Qu'est-ce donc que tu tiens dans ta main ?

– C'est un hareng, répond Renart. J'en ai mangé, que Dieu me garde, en quantité, car je suis tombé sur une voiture qui en emmène une cargaison… Je me suis bien garni la panse… J'en ai mangé de pleins paniers…

Là-dessus, il lui tend son poisson, et Primaut, qui n'en revient pas, le prend avec les marques de la joie la plus vive.

Puis, le hareng une fois mangé :

– Renart, fait le loup, enseigne-moi le tour ! Vraiment, si j'en avais encore, j'en mangerais sans le moindre remords.

Renart relate son aventure avec les marchands de poissons et conseille à Primaut de suivre son exemple.

Primaut saute sur l'occasion :

– Par ma foi, Renart, je vais y aller ! Mais attends-moi ici dans ce bois.

– Bien volontiers, mon doux ami – aussi vrai que Dieu est mon sauveur !

Frère Primaut gagne son paradis

Primaut alors s'en est allé, galopant sans perdre une seconde. Il voit la charrette aux poissons qui se balance sur la route… Il se couche en travers du chemin et reste là, tout étendu, jusqu'à l'arrivée de la charrette. Voyant le loup, le charretier crie :

– Holà, holà ! Le loup ! Au secours !

Les marchands étaient loin derrière… Aux hurlements du charretier, ils réagissent séance tenante, se figurant qu'on l'attaque. Piquant de l'éperon leurs montures, ils viennent en caracolant.

Primaut ne bougeait toujours pas… Il restait là, tout étendu… Les marchands se ruèrent sur lui :

– Il est mort, dit l'un d'eux.

– Je ne crois pas, dit l'autre.

– Cervelle de Dieu ! Je t'affirme qu'il l'est !

– Idiot, reprit l'autre. Il fait semblant…

Ce dernier frappa le loup rudement de son bâton. Primaut gémit, sans toutefois bouger davantage. Un des marchands qui l'observait lui vit se soulever les côtes… Loup qui soupire, c'est loup vivant ! Portant la main à son épée, il la tira du baudrier et voulut embrocher Primaut. Mais le loup ne demanda pas son reste.

Voyant venir l'homme à l'épée, il joint les pieds et prend la fuite.

Sous les cris des charretiers, Primaut fuit, tout endolori. Quelle correction, quelle aventure ! Il n'a de cesse de revenir à son ami Renart, qu'il trouve en train de se reposer, couché à l'aise sous un grand arbre.

Mon loup vient devant lui, tout penaud :

– Ah, Renart ! gémit-il. Je suis mal « harengé »…

– Comment cela ? fait l'autre en feignant la surprise. Aurais-tu donc raté ton coup ? N'as-tu pas mangé de harengs ?

Mais Primaut :

– Non. J'ai mangé des coups de bâton ! Le charretier me les a fait avaler par l'échine ! Si je n'avais pas déguerpi, il me tuait !

Renart jure qu'il n'y est pour rien dans ce qui est arrivé au loup. Celui-ci, décidément bien naïf, n'hésite pas à suivre à nouveau les bons conseils du goupil pour trouver à manger. Mais celui-ci le conduit à un piège où Primaut reste pris.

Renart, sans le moindre état d'âme, regagne Malpertuis, sa tanière.

Il y est reçu avec les honneurs. Cet accueil des siens le bouleverse. Où peut-on être mieux qu'au sein de sa famille ? Hermeline, sa chère femme qu'il aime d'un pur amour, est venue au-devant de lui, accompagnée de leurs enfants. Ceux-ci font fête à leur père. Ils poussent de grands cris de joie en lui prodiguant des caresses. Avec sa femme et sa mesnie, tout attendri, il pleure ses fautes. Devant Dieu il se reconnaît coupable de ce qu'il a fait au loup Primaut. Il s'amende, change son mode de vie. Il devient meilleur – pour combien de temps ?

Brun l'ours
et la muselière en bois

Les méfaits répétés de Renart finissent par lasser la patience du roi Noble. Un messager est envoyé au maître trompeur.

Par le raccourci des sentiers, Brun l'ours arrive chez Renart, à Malpertuis, en pleine forêt. Sa forte carrure l'empêche d'entrer : il doit rester à l'extérieur…

Le plus grand menteur de la planète est présent à son domicile. Pour prendre un repos bien gagné, l'animal s'est retiré dans la chambre du fond de sa tanière. Il vient de faire ses provisions. Son garde-manger se trouve garni d'une grosse poularde bien engraissée. Le matin, il a déjeuné de deux belles cuisses de jeune poulet. Renart se repose, il est à l'aise. Mais voici Brun à la barrière :

– Renart, fait l'ours, venez me parler ! Je suis Brun, messager du roi. Sortez donc sur le terre-plein pour entendre ce qu'il vous ordonne.

Renart sait que c'est l'ours qui l'appelle. Il l'a reconnu à sa silhouette. Il est déjà en train de penser aux moyens de se garder de la bête.

– Brun, lui dit-il, mon beau doux sire, j'allais juste partir pour la Cour, mais je voulais déjeuner avant. Il fallait d'abord que je déguste une merveille de plat bien de chez nous. Dès le premier coup de midi, je m'étais fait mitonner un plat de pois au lard, dont je me suis bien régalé ! J'ai même eu du dessert, tenez : j'ai bien mangé pour sept deniers de miel nouveau en rayons tout frais.

– Du miel, Renart ? fait l'ours. C'est de toutes les choses au monde celle dont mon pauvre ventre a le plus faim ! Menez-moi à ce miel, beau très doux sire ! C'est mon péché mignon !

Cet ours, vraiment, est une belle dupe ! On l'entourloupe en un tournemain

– Brun, dit Renart, si je savais que je peux avoir confiance en vous, je vous jure que je vous remplirais le ventre de ce bon miel tout frais et tout neuf qui vous tente ! Inutile d'aller bien loin pour le trouver ! Il est ici, dans la forêt, dès qu'on entre dans les coupes de Lanfroi le forestier… Mais à quoi bon ? Je sais bien que si j'allais avec vous, et me donnais toutes les peines du monde pour vous faire plaisir, vous me feriez quand même, et très vite, un mauvais parti…

– Je vous jure que je n'ai jamais eu l'intention de vous trahir ! Je n'ai jamais rêvé de vous tromper, ni de vous jouer des tours de cochon.

– Je n'irai pas chercher d'autres promesses, dit Renart. Je m'en remets à votre bonté.

Là-dessus, les deux compères se mettent en route et, sans retenir leurs montures, chevauchent jusqu'à ce qu'ils arrivent aux coupes de messire Lanfroi le forestier.

Lanfroi, qui fait commerce de bois, a un gros chêne sur le chantier, qu'il a déjà commencé de fendre… Le tronc se trouve sur des cales au beau milieu de la clairière. Lanfroi a enfoncé dedans deux forts coins de bois dur.

– Brun, fait Renart, beau doux ami, voici ce que je t'ai promis ! Les rayons de miel sont dans ce tronc. Mange, et ensuite nous irons boire !

Emporté par sa gourmandise, Brun l'ours se dresse sur ses pattes de derrière, et met son museau dans le chêne, ainsi que ses deux pattes de devant… Renart derrière lui s'arc-boute. Il fait comme pour l'aider… Il le pousse, le soulève, pour qu'il se fourre plus avant dans le tronc… Puis il se retire à bonne distance, et se met à le provoquer :

– Allez, minable, ouvre la gueule ! Ton museau touche presque au but !

Maudit soit-il tout le long de sa vie ! Brun l'ours ne risque pas de tirer quoi que ce soit du tronc, qui ne contient pas, bien sûr, le moindre miel, le moindre rayon. Tandis qu'il s'évertue, fourrageant du nez dans la fente, Renart a empoigné les coins, et les a ôtés, à grand-peine... Le tronc se referme dans un craquement... L'ours s'y retrouve pris par la tête et par les côtés. Le malheureux, s'il voulait dormir, aurait là mauvais oreiller !

Renart s'est retiré à bonne distance et ricane aux efforts du gros :

– Brun, fait-il, vous êtes vraiment de mauvaise race, pour ne pas me donner la part qui me revient. Vous faites un joli camarade !

Sur ces mots, voilà que se présente au chantier messire Lanfroi le forestier, et Renart, aussitôt, prend la poudre d'escampette. Le vilain, voyant l'ours accroché au tronc du chêne qu'il devait fendre, repart en courant vers le village.

– Haro ! Haro ! crie-t-il. À l'ours ! On va lui mettre la main dessus !

Ah, mes amis, quel spectacle ! Il faut voir le débarquement, tous les vilains en grand branle-bas, grouillant comme des rats dans le sous-bois ! L'un porte une massue, l'autre une hache ; celui-ci un fléau, celui-là un bâton d'épine... Brun a très peur pour son échine.

Affolé au bruit de toute cette rage, l'ours se dit qu'à la réflexion, il vaut mieux perdre son museau que de se laisser prendre par ces sauvages.

L'ours bande ses muscles et les rebande... Il tire de toutes ses forces, il s'acharne... Enfin, au prix de souffrances atroces, il se délivre, laissant derrière lui, dans le tronc, la peau de ses pattes et de sa tête. Il est assez défiguré. Jamais on ne vit si vilaine bête ! Au visage, il n'a presque plus de peau : il n'en reste même pas de quoi se faire une bourse.

Là, Renart a signé son arrêt de mort : si Brun l'attrape, quelle vengeance ! Mais le rusé a joué la prudence. Entendant, de loin, les plaintes de l'ours, il a pris le plus court chemin pour Malpertuis, sa forteresse, où il ne craint ni armées ni patrouilles. Et quand l'ours, toujours poursuivi, se trouve à passer devant chez lui, il ne lui retient pas ses railleries :

– Brun, vous êtes bien avancé d'avoir mangé sans moi le miel de Lanfroi !

L'ours a pris tant de coups sur la tête qu'il passe son chemin sans répondre et continue de fuir au galop.

Il a tant éperonné sa bête, que, sur le coup de midi sonnant, il est entré dans la carrière où le roi tient sa cour plénière. À peine a-t-il mis pied à terre qu'il tombe évanoui sur le parvis. Toute la Cour ouvre de grands yeux. Le roi dit :

– Brun, qui t'a fait cela ?

– Mon roi, fait l'ours, c'est Renart... C'est Renart qui m'a arrangé de la façon que vous pouvez voir.

Et il s'écroule aux pieds du roi.

La colère du lion est terrible. Il faut entendre Noble rugir, il faut le voir s'arracher avec fureur de grosses touffes de poils de sa crinière.

– Brun, fait le roi, Renart t'a tué. Mais je vais te venger, d'une façon si éclatante, qu'on en parlera très longtemps, et qu'on le saura par toute la France ! Où êtes-vous, Tibert le chat ? Allez vite me chercher Renart. Dites de ma part à ce sale rouquin qu'il vienne s'expliquer à ma Cour en présence de tout mon peuple. Qu'il n'apporte ni or, ni argent, ni belles paroles pour se défendre, mais seulement la corde pour le pendre !

Tibert et les clochettes du prêtre

Tibert n'ose pas refuser. Il se met en chemin à contrecœur. S'il avait pu se récuser, les sentiers l'attendraient encore. Mais on ne dit pas non au roi.

Il a tellement peur de Renart qu'il n'ose entrer dans la maison. Du dehors, il conte son affaire.

– Renart, ne prenez pas ma démarche en mauvaise part. Je viens vous trouver sur ordre du roi. Il n'y a là rien de personnel. Ne croyez surtout pas que j'aie de l'animosité à votre endroit. Mais le roi Noble a proféré de terribles menaces contre vous et, à la Cour, à part maître Grimbert votre cousin, il n'y a aucun de vos voisins qui ne soit votre ennemi mortel.

– Laissez-les donc me menacer, Tibert, et s'aiguiser les dents sur moi. Je vivrai tant que je pourrai. Je vais me rendre à la Cour, et j'entendrai tous ceux qui auront des reproches à me faire.

– Ce sera grande sagesse, beau sire. Je vous approuve, et vous aime d'autant. Mais, voyez-vous, j'ai si grand-faim que tout mon dos se voûte de faiblesse. N'avez-vous point à me mettre sous le croc quelque poulette ou quelque coq ? Quelque chose enfin qu'on puisse manger ?

– Ah ça mais ! vous me faites un caprice, Tibert !… J'ai à manger, bien entendu : cargaisons de rats et de souris grasses. Mais je crois que ce n'est guère de votre goût…

– Bien sûr que si !

– Mais non, mais non.

– Souris grasses, vraiment, je vous assure, ce n'est pas une viande dont je puisse être las !

– Dans ce cas, je vais vous en donner. Vous en aurez à volonté. Suivez-moi donc. Je passe le premier.

Là-dessus, il sort de sa tanière, et Tibert lui emboîte le pas. Le chat ne soupçonne aucun traquenard. Tous deux se portent vers un village que Renart va piller couramment : il n'y a pas un poulailler où il n'ait pris pour sa cuisine.

– Tibert, savez-vous ce qu'on va faire ? Là, dans une de ces maisons, il y a un prêtre qui habite, et je connais parfaitement la disposition du logis. L'homme a du grain en abondance, avoine et blé plein ses greniers, mais cela lui donne bien des soucis, car les souris font des ravages. Voici le trou

par où on rentre. Passe par là et remplis-toi le ventre !

Le brigand raconte des histoires : le prêtre qui demeure là n'a, au grenier, ni orge ni avoine. Il se moque bien des ravages des souris. Tibert le chat ne sait rien de tout ça. Il ignore également que le trou d'entrée est un piège. Derrière ce trou, dans la maison, Martinet, le fils du prêtre, a tendu deux collets destinés au goupil.

– Allez, fonce, Tibert ! dit Renart. Je t'attendrai dehors…

Mon Tibert se lance en avant, et tout de suite il mesure sa sottise, car le lacet l'a pris au cou. Le chat tire et tire tant qu'il peut. Plus il tire, plus le collet se resserre. Il voudrait se dégager… Inutile : le jeune homme est déjà sur pied.

– Levez-vous, levez-vous, cher père ! À l'aide, chère mère, à la rescousse ! Allumez ! Et courez au trou ! Cet idiot de goupil s'est fait prendre !

La mère de Martinet s'éveille, se met debout, allume la chandelle. Le prêtre a promptement sauté du lit. Le chat est attaqué en règle. Il prend une terrible volée. Frappé par l'un, frappé par l'autre, par le prêtre et sa concubine, il reçoit largement plus de cent coups avant de réussir à s'enfuir.

Il exhale des plaintes amères… Il n'arrête pas de récriminer… On l'a rudement malmené, mais il ne s'est pas laissé faire.

– Ah ! fait Tibert, Renart, Renart ! Que Dieu envoie ton âme au diable ! Qu'Il te la mette au dépotoir ! J'aurais pourtant bien dû le savoir, moi qui tant de fois me suis fait avoir, tant de fois me suis fait berner par ce rouquin de Renart !

Renart et Grimbert seuls contre tous

Une plainte entraînant l'autre, et un cri de colère un autre cri, Tibert a fini par revenir au lieu d'où il était parti. Il a retrouvé la vallée où le roi tient sa cour plénière.

Dès qu'il voit Noble, il se jette à ses pieds et lui raconte son équipée.

– Dieu, éclaire-moi ! dit le roi. Quelle belle diablerie j'apprends là ! Renart me crache au nez encore une fois ! Et je ne peux trouver personne pour me venger de tout ce mal qu'il me fait… Sire Grimbert, vraiment, je m'étonne. Est-ce vous qui le conseillez ainsi, pour qu'il me tienne en pareil mépris ?

– Je vous jure que non, sire.

– En ce cas, partez donc tout de suite, et ramenez-moi l'animal ! Gardez-vous bien de revenir sans lui ! C'est à vous qu'il pourrait en cuire.

Le blaireau se rend donc chez Renart. Après que celui-ci a confessé tous ses forfaits, les deux amis se rendent à la cour du roi.

Renart est condamné à la pendaison, mais il jure de s'amender et le roi se laisse attendrir.

Le goupil demande alors qu'on le laisse partir en pèlerinage pour obtenir le pardon de tous ses péchés. Mais à peine est-il à quelque distance de la Cour qu'il jette sa tunique de pèlerin, nargue le roi et les nobles puis s'enfuit. Tous le poursuivent, en vain.

Et cependant, à tant folâtrer et jouer avec ses camarades, Renart est enfin arrivé à son domaine de Malpertuis. C'est son château fort, sa maison, sa forteresse, son donjon : il n'y craint ni armées, ni attaques. Désormais, si quelqu'un veut venir l'affronter, qu'il y vienne ! Les menaces ici lui seront peu de chose. Que celui qui ne veut pas l'aimer le haïsse ! Cela ne lui fait ni chaud ni froid.

Sa femme vient au-devant de lui, qui le vénère et le respecte. Cette noble dame a trois fils : Percehaie, Malebranche, et Rovel. Celui-ci, le plus beau des trois. (On l'a appelé « Rovel », n'est-ce pas, parce qu'il est roux comme son papa.) Toute la famille entoure Renart. On l'enlace, on s'empresse, on le prend par le pan de son vêtement, on voit toutes ses plaies qui saignent… On les lave avec du vin blanc, puis on l'assoit sur un coussin. Le dîner ensuite est mis en route. Renart est si fatigué, si dolent, qu'il ne mange qu'une cuisse de poule et un petit morceau de croupion. Dame Hermeline s'occupe bien de lui : il est baigné, saigné, soigné, et on lui pose des ventouses. Il recouvre toute sa santé. Il redevient gaillard comme devant.

Renart reprend tranquillement du poil de la bête, chez lui, en attendant que les choses se tassent. Il va retourner à sa vie de piraterie quand, miracle, le brigand est touché par la grâce…

Le pèlerinage des trois compagnons

En ce temps-là, Renart était devenu pacifique. Il avait arrêté de faire la guerre, et vivait tranquillement dans son palais de Malpertuis. Il voulait changer de métier, et ne plus vivre de la fraude, comme il avait vécu jusque-là. Il avait si souvent, sans droit et sous de mauvais prétextes, fait sien le bien d'autrui et pillé à droite et à gauche, que beaucoup de gens le haïssaient à mort : plus d'hommes qu'il n'y a de fêtes dans le calendrier, et, à mon avis, autant de bêtes.

Et donc, à l'époque dont je parle, il arriva qu'un vendredi, Renart, de bon matin, sortit de sa tanière et, sans perdre de temps, prit sa course dans la bruyère… Cela n'allait pas comme il voulait. Il était loin de galoper aussi vite que d'habitude. Il ressentait une grande fatigue.

– Hélas ! se dit-il, le métier ne va plus ! Je ne suis plus bon à faire le mal, enfreindre la loi et la morale ! Rien que parce que j'étais sûr de mes pattes, parce que j'avais confiance dans leur agilité, j'ai commis des péchés sans nombre, de véritables infamies. Pas un mâtin, dans ce pays, n'aurait osé venir m'arracher un poulet que j'avais dans la gueule. Hé ! Dieu ! Qu'est-ce que j'en ai volé de bonnes volailles ! De bonnes poules, d'excellents chapons. Je les mangeais sans assaisonnement, telles quelles, sans sauce verte, ail ni poivre… Je les mangeais sans un coup à boire, sans les arroser de vin ni de cervoise[1]. Je n'ai jamais rien eu en poche qui ne sortît pas de celle d'autrui. Non, rien : pas la valeur d'une plume de l'aile d'un pinson ! Mais le remords m'accable, j'ai du regret, je me repens ! Ô mon Dieu, Seigneur tout-puissant, ayez pitié d'un pauvre bougre ! Je suis fatigué, je n'en peux plus… Cela me pèse d'avoir tant vécu.

Ayant fait ce triste constat, Renart part donc à Rome pour se faire pardonner ses péchés par le pape. En route, il rencontre Belin le bélier et Bernard l'âne, et les persuade de l'accompagner. Comme toujours, l'aventure tourne mal…

Le trio fait tant et si bien qu'il arrive chez Primaut.

1. Cervoise : type de bière fabriquée au Moyen Âge.

Il n'y a personne à la maison. Le loup Primaut est sur la lande, parti chasser avec sa femme, une Hersent à ne pas confondre avec celle qui est l'épouse d'Ysengrin. (Il semble bien qu'en ce temps-là, dans ce pays-là, dans cette histoire, toutes les louves s'appellent Hersent.)

Les pèlerins se logent donc chez le loup. Ils y trouvent à profusion le pain, comme on dit, et la pitance, qui est ce qu'on mange avec le pain. Ils trouvent du petit salé, du fromage, des œufs, et tout ce dont les pèlerins ont besoin. Ils trouvent de la bonne cervoise dont le mouton se met à boire sans mesure, tellement qu'il en devient excessivement gai. Il commence à chanter et Bernard le rattrape, faisant une seconde voix grave, tandis que Renart se joint au chœur et prend le dessus en voix de fausset.

Ce serait une bonne partie de pillage si nul ne venait les déranger. Mais voilà Primaut qui arrive, avec un chargement de gibier, qu'il tient tout entier dans sa gueule. Sa femme, l'Hersent numéro deux, est loin d'avoir mangé son soûl et cela la met de mauvaise humeur. Quand les deux loups entendent le vacarme qui se fait chez eux, ils s'arrêtent un petit moment et prêtent soigneusement l'oreille. Le loup dit :

– Écoute ! Il y a des gens là-dedans !

– Ma foi, je vais y aller, dit Hersent.

Elle pose à terre son chargement et va regarder par l'interstice entre la porte et le chambranle. Elle voit les pèlerins près du feu, et revient tout de suite trouver son loup – fort joyeuse, se frottant les pattes.

– Seigneur Ysengrin…, lui dit-elle.

(Il faut savoir que, chez les loups, Ysengrin est si estimé que son nom est devenu un titre honorifique. On en salue celui qu'on veut traiter avec égards. C'est un bon procédé, une gracieuseté, une marque d'hommage. Il est fréquent qu'une louve appelle son mari « Ysengrin ».)

– Seigneur Ysengrin, lui dit-elle, je crois que tu ne sais pas la bonne aubaine qui nous arrive. Là-dedans, chez nous, dans la maison, il y a Renart, Belin et l'âne. Nous les avons à notre main.

Le loup a heurté la porte de grands coups furieux. Mais elle reste fermée pour de bon.

– Ouvrez ! dit le loup. Ouvrez, ouvrez !

– Silence, répond Renart. Arrêtez donc un peu de brailler !

– Renart, il n'est absolument pas question que je me taise. Vous devez ouvrir cette porte tout de suite. Traître félon, sale renégat, à cause de vous j'ai perdu un pied ! Vous êtes tous condamnés à mort. Vous allez regretter d'avoir échoué ici, toi Renart, et l'âne, et le mouton !

– Hélas, dit Belin, qu'allons-nous faire ? Nous sommes prisonniers tous les trois, sans moyen de nous échapper...

Renart réplique :

– N'ayez pas peur. Je vais vous tirer de ce pétrin. Fiez-vous seulement à mon conseil. Toi, Bernard, qui as les reins solides, recule ta croupe jusqu'à cette petite porte, et sans cesser de t'y appuyer, entrebâille-la un petit peu, juste assez pour que le loup puisse entrer... Tu le laisses passer sa tête, et dès qu'elle pointe, pan ! d'un grand coup tu lui claques fort la porte dessus ! Une fois le loup coincé comme cela, Belin le cornu joutera contre lui[1].

Ayant d'abord un peu entrebâillé la porte, Bernard l'âne a collé sa croupe contre le battant. Le loup pousse la tête en avant... Bernard immédiatement claque la porte avec violence : le loup est dans un fameux piège ! Il faut voir Belin le mouton donner ses furieux coups de boutoir et reculer pour mieux frapper ! Renart l'excite et l'encourage. Il le stimule de la voix :

– Belin, répands-lui la cervelle ! Prends garde qu'il ne s'en sorte pas vivant !

1. Belin le cornu joutera contre lui : le bélier combattra avec sa tête comme fait un chevalier avec sa lance lors d'une joute, épreuve des tournois médiévaux.

Belin se déchaîne contre Primaut. Jamais à une porte de ville on n'a vu d'aussi rude assaut. Il a tant donné de coups de bélier qu'il a brisé le crâne du loup.

Hersent ne peut aider son époux. Elle est restée à l'extérieur. Elle s'en va hurlant par le bois, ralliant les autres loups de l'endroit. En peu de temps, elle en a rassemblé plus d'une centaine, qu'elle emmène à son logis pour venger la mort de Primaut.

Quand Renart a entendu hurler, il voit leur équipe perdue. Rien à faire pour se tirer d'affaire à moins d'un adroit stratagème.

– Seigneurs, dit-il, qu'allons-nous faire ? Nous sommes déjà morts, nous sommes perdus ! Montons dans cet arbre branchu et les autres perdront notre trace. Hersent est dans une colère noire, parce que nous avons tué son monsieur !

– Par ma foi, dit Belin le mouton, je n'ai jamais appris l'escalade…

Et Bernard :

– Je ne sais point monter aux arbres !

– Messeigneurs, le besoin est un bon stimulant. Il nous fait souvent faire des choses qu'on n'irait jamais entreprendre si on n'y était pas obligé. Allez, messieurs, montez, montez ! Ne soyez pas fous, pensez à vous !

Et Renart monte en haut de l'arbre…

Quand les deux autres comprennent enfin qu'il n'y a vraiment rien d'autre à faire, ils l'imitent, cela non sans mal, et se cramponnent chacun à une branche.

Mais voici, piquant des éperons, Hersent et tous ses compagnons. Une fois arrivés sur les lieux, ils ne trouvent plus les fugitifs. Toute trace d'eux a disparu. Les loups ne savent plus où les chercher, se disent qu'ils ont dû se fourrer sous terre… Fatigués, et n'en pouvant plus, les loups se sont couchés sous l'arbre…

Belin alors, qui les regarde, est saisi d'une crainte assez compréhensible.

– Hélas ! fait-il. Je suis-t-il à plaindre ! Que je voudrais être avec mes brebis !

– Ma foi, dit Bernard, je suis mal. Ce genre d'auberge, ce n'est pas là que je descends d'habitude. Il faut absolument que je me tourne.

Renart se met à l'admonester :

– Ce n'est ni le lieu ni le moment. Vous pourriez bien faire un tel tour que les choses tourneraient mal pour vous !

Mais Bernard :

– Je me tournerai.

Et Belin :

– Je me tournerai aussi.

– Or donc, tournez-vous, dit Renart. Moi, je vous laisse faire, grand bien vous fasse !

Ils se tournent ensemble, d'un seul coup, si bien qu'ils perdent l'équilibre et ne peuvent se rattraper aux branches. Il faut bien qu'ils tombent à terre. Bernard l'âne, grand et fort, écrase quatre loups dans sa chute. Belin, moins gros, n'en tue que deux. Les autres sont pris de panique à la vue de leurs compagnons morts. Ils s'enfuient çà et là, en désordre. Renart, qui regarde la scène d'en haut, se met à crier à pleins poumons :

– À la hart[1], allez ! À la hart ! Attrapes-en, Belin ! Agrippes-en, Bernard ! Ne les lâche pas, bon sang !

Les loups alors battent en retraite. Même pour cinquante marcs[2] d'argent, Hersent ne ferait pas demi-tour. Renart qui, pendant le combat s'est soigneusement tenu en haut de l'arbre, descend comme une fleur retrouver ses complices.

– Alors, messieurs, comment ça va ? Ne vous ai-je pas bien sauvés de la mort ? L'un de vous est-il seulement blessé ?

Bernard dit :

– Je suis en piteux état. Je ne peux vraiment pas aller plus loin. Il faut que je rebrousse chemin.

Et Belin :

– Moi, je ferai comme lui. Je ne serai jamais pèlerin.

1. À la hart : pendez-le ! (la hart est la corde de la potence). 2. Marc : ancien poids, d'un peu moins de 250 grammes, servant à peser les métaux précieux.

– Messieurs, dit Renart, foi d'animal, ce voyage est pénible et tuant. Le monde est plein de gens très pieux, qui ne sont jamais allés à Rome. À l'inverse, il ne manque pas de fripouilles qui se font pèlerins mais restent fripouilles. Pèleriner ne les change en rien. Tel qui a vu sept tombeaux de saints revient chez lui pire qu'au départ. Mon idée n'était pas la bonne et nous devons agir sagement. Je veux me mettre sur le chemin du retour. Je ne vivrai que de mon travail, je gagnerai ma vie loyalement et ferai du bien aux pauvres gens.

– En avant ! En avant ! s'écrient-ils.

Et le mouton, l'âne et le goupil sont retournés dans leurs pénates[1].

1. Dans leurs pénates : chez eux.

Carnet de lecture

D'où vient *Le Roman de Renart* ?

Une œuvre anonyme

Le Roman de Renart n'est pas l'œuvre d'un seul auteur mais de vingt-huit, et sa rédaction, commencée vers 1175, se poursuivra jusqu'en 1250 environ.

Tous les auteurs étaient probablement des clercs, c'est-à-dire des hommes d'Église sachant lire et écrire. On ne connaît le nom que de trois d'entre eux, et en particulier celui qui a écrit la partie la plus ancienne : Pierre de Saint-Cloud.

Très peu de gens sachant lire au Moyen Âge, le texte était essentiellement lu ou récité par des jongleurs. À la fois acteurs, acrobates, montreurs d'animaux, ceux-ci allaient de ville en village, de château en auberge pour se produire devant un public varié. Seigneurs, bourgeois, riches commerçants, artisans, villageois, tous appréciaient le spectacle et en assuraient la célébrité.

Un roman qui n'en est pas un

Le Roman de Renart est constitué de récits indépendants regroupés en vingt-sept branches. Il est écrit en vers de huit syllabes (des octosyllabes) et n'en comporte pas moins de vingt-cinq mille ! Il ne s'agit pas d'un roman au sens moderne du mot qui désigne un long récit d'imagination en prose. Mais c'est parce qu'il est rédigé en langue romane qu'on l'appelle un roman.

Ses auteurs se sont inspirés de textes anciens, comme les fables du Grec Ésope ou du Latin Phèdre, mais également de contes populaires mettant en scène des animaux. Ils ont aussi trouvé dans la société de leur époque une source d'inspiration inépuisable.

Comment Renart devint un renard

Bien qu'écrits par plusieurs auteurs, et à des époques différentes, les récits qui constituent *Le Roman de Renart* présentent une certaine unité. Les hommes n'y jouent qu'un rôle secondaire, et pas toujours très flatteur, tandis que les personnages principaux sont des animaux.

L'un d'entre eux occupe la place centrale : le goupil Renart. C'est en effet par le nom commun « goupil » qu'on désigne au Moyen Âge l'animal rusé au pelage roux. Mais Renart, le héros de nos récits, devient si célèbre que son prénom finit par remplacer le nom ancien, le *t* final étant remplacé plus tard par un *d*.

Un texte indémodable

Le Roman de Renart connut d'emblée le succès et inspira de nombreux artistes dès le Moyen Âge. La Fontaine, quelques siècles plus tard, reprendra même la mésaventure du bouc dans une de ses fables, *Le Renard et le Bouc*. Illustrés dès leur parution par des enluminures, ces récits ont fait l'objet d'innombrables adaptations jusqu'à nos jours : bandes dessinées, films d'animation, représentations théâtrales ou télévisuelles...

D'où vient ce succès jamais démenti ? Très ancré dans son époque, *Le Roman de Renart* nous fournit tout d'abord de précieux renseignements sur la vie quotidienne au Moyen Âge : habillement, nourriture, déplacements, occupations des uns et des autres. Petits ou grands seigneurs, paysans libres ou serfs, marchands et bourgeois, hommes de religion, chacun y a sa place. Les institutions y sont également représentées : la justice, l'Église, et bien sûr la royauté.

Un regard impertinent

Mais cet intérêt historique ne peut justifier à lui seul l'engouement suscité par ces récits. Est-ce parce que le lecteur y est fréquemment interpellé par l'auteur, pris à témoin comme au début de l'aventure de « Renart et Ysengrin dans le puits » ? « Maintenant, écrit-il, il faut que je vous raconte quelque chose qui puisse vous faire rire. » On est au spectacle, presque en direct.

Est-ce parce que nous aimons rire avec le trompeur, nous moquer des déboires de ses victimes plutôt que de les plaindre ? Ainsi, le malheureux Ysengrin, ou le vaillant maître Constant qui, épée à la main, glisse et se fend le crâne sur la glace… Comment en vouloir vraiment à Renart qui ne fait que profiter de la bêtise d'autrui ?

Mais ce qui nous plaît sûrement le plus, c'est le fait que les auteurs du *Roman de Renart* ne respectent rien, et particulièrement les institutions qui paraissent inattaquables au Moyen Âge : la royauté, la religion, la justice. L'impertinence est constamment de mise. Aussi peut-on qualifier *Le Roman de Renart* de texte de dérision critique : il se moque mais pose un regard juste et sans complaisance sur la société de son temps.

Le Moyen Âge

Si fantaisistes qu'elles soient, les aventures de Renart et des siens reflètent une réalité : celle de la société du Moyen Âge. Pour mieux les comprendre, rappelons brièvement ce qu'a été cette très longue période qui commence vers 500 apr. J.-C. pour s'achever aux environs de 1500.

Le Moyen Âge, mille ans d'histoire

Selon de nombreux historiens, l'avènement de Clovis, à la fin du Ve siècle, marque le début du Moyen Âge. Clovis, premier roi chrétien de tous les Francs, établit sa résidence principale dans l'ancienne Lutèce romaine, qu'il renomme Paris, du nom de la peuplade gauloise qui l'avait créée : les Parisii. Il n'aura de cesse d'agrandir son royaume que ses quatre fils se partagent à sa mort.

Parmi les souverains qui lui succèdent, le plus célèbre est sans nul doute Charlemagne. Celui-ci règne de 768 à 814 (un des plus longs règnes de l'histoire de France). Il est même couronné empereur par le pape en l'an 800, à Rome. Comme Clovis, il mène de nombreuses guerres pour agrandir son empire qui s'étend de la Germanie, au nord, jusqu'à l'Italie et l'Espagne, au sud. À sa mort, ses successeurs ne tardent pas à s'affronter et le vaste empire est à nouveau démantelé. L'Europe de l'Ouest est en proie aux invasions des Vikings, et le roi, ne disposant pas d'une armée forte, délègue aux seigneurs la mission de protéger hommes et biens.

L'importance de ces seigneurs ne cesse de grandir car, s'ils prêtent toujours serment d'obéissance au roi, ils sont pratiquement seuls maîtres dans leur domaine, qui se transmet à présent par héritage. Les châteaux forts qu'ils vont faire construire vont permettre de se défendre contre l'envahisseur et de limiter les querelles de voisinage.

Au début du XIIIe siècle, le royaume connaît enfin la paix et une courte période de prospérité : le roi Louis IX est à la tête de la plus grande armée et du royaume le plus étendu d'Europe.

La guerre de Cent Ans, entre l'Angleterre et la France, commence en 1337 pour ne s'achever qu'au milieu du siècle suivant. Elle entraîne la disparition d'un grand nombre de nobles chevaliers, affaiblissant ainsi considérablement le pouvoir des seigneurs. À cette époque, l'Europe connaît un deuxième fléau : une grande épidémie de peste qui fait de très nombreuses victimes. Les paysans se révoltent. Guerre, maladie, famine, rudes hivers les ont durement éprouvés et ils ne supportent plus leur misérable condition.

Mais les grandes découvertes annoncent aussi un monde nouveau : nous sommes à la fin du XVe siècle, c'est le début de la Renaissance.

Une société très organisée

La société, tout au long du Moyen Âge, est très hiérarchisée. La naissance détermine à quelle classe on appartiendra pratiquement toute sa vie, sans guère de possibilité d'évolution. Le roi, autorité suprême, confie la responsabilité de domaines aux grands seigneurs qui lui prêtent serment d'allégeance. Ceux-ci peuvent à leur tour déléguer la gestion d'une partie de leur seigneurie à des seigneurs moins importants qui leur doivent obéissance : leurs vassaux. En échange, le suzerain leur apporte aide et protection.

Les paysans constituent le gros de la population, essentiellement rurale. Les plus nombreux sont les serfs, qui sont attachés à la terre et ne jouissent de presque aucune liberté, tandis que les vilains sont des paysans libres.

À partir du milieu du Moyen Âge, les villes prennent de l'importance au point que certaines se libèrent des contraintes seigneuriales pour devenir des villes franches, c'est-à-dire libres, comme Bruges et Venise. Le commerce se développe et l'on voit ainsi naître une nouvelle classe sociale : les bourgeois, terme qui désigne à l'origine les habitants d'un bourg.

La bourgeoisie est essentiellement constituée d'artisans et de commerçants.

L'Église occupe une place très importante dans la vie de tout un chacun. Le curé, acteur incontournable de la vie quotidienne, procède aux mariages, enregistre les naissances et les décès ; les cloches de l'église, au centre du village, rythment la vie des habitants ; les abbayes, qui abritent moines et religieuses, se multiplient.

Par crainte du Jugement dernier, nombreux sont ceux qui, comme Renart, vont en pèlerinage pour gagner les bonnes grâces d'un saint. Du XIe au XIIIe siècle, incités par le pape, les rois organisent des croisades pour libérer les Lieux saints de l'occupation des Infidèles : le roi Louis IX, aussi appelé Saint Louis, en meurt, victime comme une bonne partie de son armée d'une épidémie de peste.

Les hauts membres du clergé se comportent en véritables seigneurs : ils sont propriétaires terriens, lèvent des impôts et n'ont pas toujours la vie que l'on pourrait attendre d'un homme d'Église. Cette situation sera à l'origine de la création de nouveaux ordres religieux qui protestent contre ces pratiques et prônent un retour aux valeurs des débuts du christianisme.

Une époque où les arts fleurissent

Le Moyen Âge est souvent victime d'une sombre réputation. S'il est vrai que guerres, épidémies, extrême pauvreté constituent le lot de beaucoup, il ne faut pas oublier pour autant que cette période de l'histoire témoigne d'une grande richesse artistique.

Les débuts de la chrétienté voient fleurir d'innombrables églises romanes, puis la foi chrétienne poussera les hommes à ériger les somptueuses cathédrales gothiques. Les maîtres verriers y réalisent des vitraux qui font notre admiration, aujourd'hui encore, tout comme les statues qui enrichissent la décoration.

La religion est une source d'inspiration pour de nombreux peintres qui représentent des scènes tirées de la Bible, de fines vierges aux traits délicats. Les artistes décorent les églises qui sont très colorées à cette époque. Malheureusement, il ne nous en reste presque rien, mais les murs de la Sainte-Chapelle de Paris nous donnent une bonne idée de ce qu'étaient les églises au Moyen Âge.

Les seigneurs fortunés commandent aussi des copies de la Bible et des livres de prières richement décorés de tableaux ou de dessins miniatures aux vives couleurs. Ces enluminures s'inspirent de thèmes religieux mais illustrent aussi parfois des scènes de la vie quotidienne. Ces travaux sont réalisés à la main par des moines copistes, dans les abbayes.

Les seigneurs, pour se protéger mais aussi pour montrer leur richesse et leur pouvoir, feront construire des châteaux forts ; certains ont résisté à l'usure du temps, au moins en partie : ceux de Bonaguil ou de Najac, par exemple, se dressent encore fièrement au sommet de leur colline.

Le Moyen Âge voit aussi la naissance d'une musique de cour : elle accompagne un récit ou la lecture d'un poème, mais également les danses. Trouvères et troubadours, attachés au service d'un seigneur ou menant une vie itinérante, sont généralement poètes, musiciens, conteurs.

La seconde moitié du Moyen Âge est enfin une période d'intense création littéraire. Les auteurs, se libérant du latin, commencent à écrire dans une langue qui leur est propre : le roman. Les poètes chantent l'amour courtois ou se plaignent de leur triste condition dans des complaintes. On représente des scènes religieuses dans ou devant les églises et les farces, destinées à faire rire, se jouent en plein air sur les places, lors des grandes foires ou des marchés. Avec ses romans de la Table ronde, Chrétien de Troyes raconte enfin les exploits et les vertus des chevaliers : ce sont ces récits que les auteurs du *Roman de Renart* tourneront en dérision.

Des animaux pas si bêtes !

Quels que soient l'époque et le lieu, les animaux occupent une place importante dans la littérature. Ils sont l'explication de phénomènes naturels, font peur ou rassurent et se comportent parfois étrangement comme nous.

Hommes et animaux, une vieille et longue histoire

Dans les temps les plus reculés, les animaux sont souvent assimilés aux dieux et entretiennent une mythologie foisonnante. Pour les Égyptiens, les dieux ont presque tous un corps humain avec une tête d'animal qui aura un lien évident avec leurs attributs : Horus à tête de faucon est le dieu du Ciel tandis que Hathor à tête de vache est la nourrice des pharaons.

D'après une légende asiatique, les céréales seraient issues de la corne brisée d'une vache, tandis que pour les Australiens, le sang d'un chien cruellement mordu par un lézard aurait donné la couleur rouge à la terre.

Ancien esclave grec, Ésope serait l'inventeur de la fable : amateur d'histoires drôles où le faible, le pauvre, l'emporte sur le puissant, il serait le premier à avoir mis en scène des animaux agissant comme des humains.

Dans ses *Métamorphoses*, Ovide fait également souvent intervenir des animaux. Zeus se change en cygne ou en taureau pour séduire une belle ; mais de nombreux humains, en retour, sont changés en animaux pour assouvir la vengeance d'un dieu jaloux.

Au Moyen Âge, les fables d'Ésope sont largement connues et inspirent en partie *Le Roman de Renart* avant que La Fontaine ne s'en empare, bien plus tard, pour écrire à son tour plus de deux cents fables où les animaux occupent le devant de la scène. Son contemporain Charles Perrault reprendra lui aussi des contes anciens pour rédiger ses *Contes de ma mère l'Oye*. Dans ce recueil, il fait revivre le loup, terreur des campagnes, ou un chat botté si malin qu'il fera la fortune de son maître.

Plus près de nous, les animaux des *Contes du chat perché*, de Marcel Aymé, sont souvent plus sages que Delphine et Marinette ou que leurs parents. Et *Le Chat* de Philippe Geluck, l'humoriste et dessinateur belge, pourrait en remontrer au plus éminent des philosophes !

Des animaux qui nous ressemblent étrangement

Si les anciens se sont servis des animaux qui leur étaient proches pour expliquer le monde, pourquoi leur a-t-on si souvent prêté une apparence humaine ?

Renart, dans le roman, est un goupil, mais il est aussi présenté comme un seigneur : il a un château, monte à cheval comme les humains. Cependant, on est bien loin avec lui des romans de chevalerie de Chrétien de Troyes ! Yvain ou Lancelot poursuivent un idéal, toujours soucieux de respecter les règles de la chevalerie. Les seules ambitions de Renart sont de se remplir l'estomac et de jouer un mauvais tour au premier venu : des quêtes nettement moins nobles !

Renart est souvent accompagné du loup Ysengrin qui est censé être son meilleur ami mais qui se révèle être plutôt son souffre-douleur favori ! Un grand nombre d'animaux communs peuplent aussi le roman : mouton, âne, chat, coq et poules, corbeau, mésange et même un limaçon ! Au-dessus d'eux règne le lion Noble, roi des animaux, entouré de ses courtisans : l'ours Brun, le cerf Brichemer ou Beaucent le sanglier. À travers eux, c'est toute la société du temps dont le roman brosse le portrait.

Tout ces animaux, comme dans les *Fables* de La Fontaine, parlent, raisonnent, éprouvent toutes sortes de sentiments et agissent en humains : ils sont donc personnifiés. C'est qu'au Moyen Âge, tout comme au XVIIe siècle, la liberté d'expression n'existe pas. Si l'on veut critiquer le pouvoir en place ou les puissants, il faut prendre quelques précautions. On représente alors ces personnages sous forme animale. Personne n'est dupe, mais les apparences sont sauves : après tout, ce ne sont que des animaux ! Et puis, qui pourrait croire qu'un seigneur est assez stupide pour se faire régulièrement berner par son meilleur « ami » ? ou qu'un « grand » profite de sa position pour imposer sa volonté à plus faible que lui ? Seul un loup agit ainsi, bien sûr ! Même si, comme le prétend une très ancienne maxime, « l'homme est un loup pour l'homme »...

L'utilisation d'animaux pour parler des hommes est donc un très vieux stratagème. Il permet de proposer des récits simples et vivants, compréhensibles par tous, et d'y critiquer à loisir sans risquer la censure.

Gageons qu'ils continueront de vivre à travers de nombreux récits pour nous faire rire mais aussi réfléchir.

Le roman, entre latin et français

Le Roman de Renart que vous venez de lire n'est pas le texte original. Celui-ci était écrit en vers, dans une langue incompréhensible pour le lecteur d'aujourd'hui : le roman. Il a donc fallu le traduire et l'adapter. Mais d'où vient cette langue, ancêtre de notre français moderne, et qui a donné son nom au genre même du roman ?

La naissance du roman

Il y a un peu plus de deux mille ans, la Gaule est occupée par différentes peuplades d'origine celte. Des liens existent entre elles, en particulier grâce au commerce, mais elles ne sont pas organisées en État et forment des communautés indépendantes. Chacune parle sa propre langue. L'une des principales est le celte, sans doute proche du breton actuel, mais dont on sait peu de chose car les Gaulois ne connaissent pas l'écriture.

Vers 50 av. J.-C., Jules César entreprend de conquérir la Gaule. Les envahisseurs romains imposent leur langue aux vaincus : le latin. Un latin parlé, apporté par les soldats et émaillé de mots familiers, que l'on appelle le « latin vulgaire » et qui va se répandre petit à petit. Au fil du temps, ce latin vulgaire se mélange aux parlers locaux, d'origine celte ou franque, pour devenir une nouvelle langue : le roman.

Du roman au français

En 813, Charlemagne impose que les sermons, lors des messes, ne soient plus dits en latin mais dans une langue compréhensible par tous : le roman. Quant au premier texte écrit dans cette langue, il s'agit des serments de Strasbourg, conclus en 842 entre les deux petits-fils de Charlemagne.

Cette langue ne cesse d'évoluer. Elle permet de se comprendre dans tout le royaume, même si elle présente des différences non négligeables du nord au sud. En effet, au milieu du Moyen Âge, on distingue deux groupes de langues : la langue d'oïl, au nord, qui éclipsera progressivement la langue d'oc, parlée au sud.

Le latin classique reste la langue des intellectuels et des hommes d'Église ; l'enseignement se fait dans cette langue qui, avec le grec ancien, constitue la base des apprentissages.

De nombreux auteurs écrivent dans cette langue nouvelle. Au début du XIIe siècle, Chrétien de Troyes écrit en roman les aventures des chevaliers de la Table ronde. C'est en roman aussi que sera publiée, à la fin de ce même siècle, *La Chanson de Roland*, dont l'auteur est inconnu.

Au fil du temps, cette langue s'enrichira de mots

d'origine étrangère. *Crique*, *hune*, *varech*, par exemple, viennent du normand parlé par les Vikings, tandis que *algèbre*, *chiffre*, *orange*, *sirop* sont d'origine arabe ; l'italien nous a apporté, entre autres, *balcon*, *concert*, *carrosse*.

Une langue en perpétuelle évolution

Il faudra pourtant attendre 1539 pour que le français soit imposé comme langue officielle par François Ier. À la même époque, l'invention de l'imprimerie rend nécessaire une codification de la langue. Les grammairiens prennent de l'importance et un premier *Dictionnaire françois-latin* est publié en 1539.

C'est en 1635 qu'est créée l'Académie française, dont la mission est de « donner des règles certaines à notre langue », afin de fixer et de réglementer le français.

Cependant, à la veille de la Révolution, on estime qu'un quart seulement de la population parle français, le reste pratiquant des langues régionales. En revanche, le français est couramment employé dans toutes les cours d'Europe ainsi qu'au Canada !

Les révolutionnaires s'attacheront donc à unifier le français sur tout le territoire, mais il faudra attendre la fin du XIXe siècle pour que l'école obligatoire enseigne la même langue à tous. Jusqu'au début du XXe siècle, on administre des châtiments corporels sur les jeunes élèves pour les empêcher de parler des langues comme le basque, le breton ou le corse…

Table des matières

Le papier de cet ouvrage est composé de fibres naturelles, renouvelables, recyclables et fabriquées à partir de bois provenant de forêts plantées et cultivées expressément pour la fabrication de la pâte à papier.

Mise en pages : Didier Gatepaille

Loi n° 49-956 du 16 juillet 1949
sur les publications destinées à la jeunesse
ISBN : 978-2-07-063130-8
Numéro d'édition : 246588
Dépôt légal : juin 2012

Imprimé en Espagne par Novoprint (Barcelone)